心里满了，就从口中溢出

[美] 桑顿·怀尔德 著
Thornton Wilder

但汉松　黄七阳 译

漫长的圣诞晚餐：独幕剧集

The Long Christmas Dinner: Selected Collections of One Act Plays

SPM 南方传媒 | 广东人民出版社
·广州·

目录

译序

曾以两部戏剧、一部小说三度获得普利策奖，桑顿·怀尔德的名字对中国读者与观众来说却有些陌生。国内戏剧与文学界对怀尔德的译介，远不及其他几位美国剧作家尤金·奥尼尔、田纳西·威廉斯和阿瑟·米勒那么多。在怀尔德诞辰125周年之际，他创作生涯中最重要的独幕剧与长剧作品得以中文形式结集出版，算是对这位与中国颇有些渊源的剧作家美好的纪念。怀尔德的戏剧产量不高，甚至一度在美国都“过了气”，而今时今日阅读他，却在某种意义上显得适时与应景。《九死一生》的第三幕关于战争，《阿尔刻提斯之歌》的第三幕关于瘟疫，剧作家并非百年前的先知，只是他们总是会触及那些与人息息相关的主题：爱与家庭，死亡和永恒，平凡的生活与非凡的意义。翻阅这些尘封的剧作，每个人都能看到自己的身影。

被忽视的普利策“三冠王”

桑顿·怀尔德于 1897 年 4 月 17 日出生于威斯康星州麦迪逊市。他的母亲是新英格兰一位长老会牧师的女儿，热爱文学与戏剧，自己也写作诗歌和翻译作品。他的父亲是公理会教友，在耶鲁大学取得政治学博士学位，是一名出色的报刊编辑和颇受欢迎的演说家。

怀尔德的父亲阿摩司曾于 1905 年被任命为美国驻香港总领事，当时只有九岁的他与家人一起来到香港短居，不久后即随母亲与妹妹们回到美国，在加州伯克利学校读书。怀尔德十四岁时父亲调任上海，于是他再次来到中国，先是在一所德语学校读书，后到烟台一个英语教会中学读书，一年后再次离开。

回到美国后，怀尔德相继在伯克利高中、欧伯林学院和耶鲁大学完成学业。毕业后他有幸前往罗马进行拉丁语、意大利语和地方考古学的学习，在那里观看了欧洲最新潮的舞台演出，其中包括皮兰德娄的经典作品《六个寻找剧作家的角色》。罗马之旅也启发他写作了自己的第一部小说《卡巴拉》。

尽管怀尔德从中学起就尝试写作戏剧，但真正让他在美国文学界崭露头角的却是他的小说作品。1928 年他就凭借《圣路易斯雷大桥》获得了普利策小说奖。相比之下，怀尔德在戏剧方面的才华直到三十年代之后才慢慢展现出来。1928 年时他将自己的十六部短剧结集出版，题名《搅乱水池的天使及其他作品》，这些作品大多在他读书期间写就并发表于校园杂志。1931 年怀尔德发表了他的第二部戏剧作品集《漫长的圣诞晚餐及其他独幕剧》，从其中《漫长的圣诞晚餐》《希亚瓦萨号列车》和《前往特伦顿与卡姆登的快乐旅程》几部作品中，可以明显看到怀尔德对戏剧素材选择的转变。

首演于 1938 年的《我们的小镇》为怀尔德奠定了他在戏剧史中的地位，也为他赢得了普利策戏剧奖。怀尔德就此成为美国文学史上唯一一位普利策小说奖与戏剧奖双料得主。此剧不仅以纯净深邃的情感征服了当时的观众，简约新颖的舞台表现手法，也成为现代戏剧理论家常常讨论的话题。1942 年，怀尔德于第二次世界大战的背景下创作了三幕剧《九死一生》。这部以寓言手法影射人类命运，意图在战争的危急时刻鼓舞人心的作品又一次为作者带来了普利策奖的荣誉。改编自古希腊悲剧的《阿尔刻提斯之歌》1955 年于爱丁堡戏剧节上演，怀尔德在一个经典故事中融入了自己的解读，从中可以看到他对命运一以贯之的思考。

除去关怀永恒与现在、生与死之意义这些宏大主题的作品，怀尔德在每一时期也会不时创作一些颇符合戏剧三一律的爱情喜剧。《法兰西的女王们》《爱与解脱》都是相当优秀的独幕剧作品。其中最成功的要数 1954 年于爱丁堡戏剧节演出的《媒人》。此剧后来被改编为音乐剧《你好，多莉！》，广受好评并获得了纽约戏剧评论家协会奖。2017 年《你好，多莉！》于百老汇复排，获评托尼奖最佳复排音乐剧，可见怀尔德创作的故事历久弥新，仍然为当代观众所喜爱。

每一分钟生活的意义

在现代戏剧的发展中，桑顿·怀尔德常被视为改革者。他的两部普利策获奖剧作《我们的小镇》和《九死一生》于二十世纪四十年代上演时，怀尔德一度被视为美国舞台上的先锋派，非现实主义的舞台和表演使他成为评论界的热门话题。对“舞台监督”这一角色的创造性使用贯穿了他的几部重要作品，为舞台表达提供了极高的自由度。在独幕剧创作中，怀尔德借着《漫长的圣诞晚餐》和《前往特伦顿与卡姆登的快乐旅程》，对舞台时间和空间进行了创新性探索。

《漫长的圣诞晚餐》是一部在戏剧史上独一无二的作品，怀尔德“将包含九十年时间的叙事性蒙太奇转变成了一个绝对的戏剧事件，从而赋予其连续性，使直接的时间体验成为可能”。借由这天才的创造，贝亚德一家带给了观众“千年如一日，一日如千年”的奇妙感受。而《前往特伦顿与卡姆登的快乐旅程》则是在舞台上完成了整个旅途，舞台监督通过换景和多角色扮演带来了空间的改变和扩大，也代表着一个更大的世界，而当他退场之后，柯比一家才是人生舞台上真正的主角。这让人想到切斯特顿的妙语：“一个人生活在家庭中是件好事，正如一个人被大雪围困在大街上是件美丽开心的事一样。它们都促使人意识到，生活不是外来的东西，而是内在的东西。”

《希亚瓦萨号列车》则可以被看作《我们的小镇》的雏形。舞台监督这一重要角色正式走上前台，承担起安排演出、扮演角色、适时间离的任务。这一完全颠覆了现实主义手法的新形式让怀尔德成为美国舞台上的第一位叙事剧作者。如同之后《我们的小镇》中的情节，哈瑞特的死亡带来了对生活意义的发现，成为全剧的转折与高潮，然而受独幕剧篇幅所限，观众对哈瑞特的日常生活几乎没有了解，主题的表达并不如《我们的小镇》那么充分与深刻。

在《我们的小镇》中，观众通过前两幕戏了解了艾米丽的人生，她的死与“复活”相比《希亚瓦萨号列车》中横空出世的哈瑞特更能引起共鸣。这一刻从死者的世界里发出了一道亮光，照亮了所有生命的所有角落。怀尔德在这里写了一句舞台提示：“舞台左半边渐渐变得非常亮——是那种冬日早晨的明亮。”当艾米丽带着欢快与好奇关注着一切时，我们听到父母的对话：“家里一切都好吧？是的——没啥特别的事。”当韦伯太太教导艾米丽认真吃饭时，艾米丽说道：“哦，妈妈，你看看我，就像你真的看见我一样。”人物对话在此爆发出了巨大的张力，这张力不像现实主义戏剧那样诞生在纠结的人物关系之中，而是产生在生与死的对立之下，产生于不同的视角不同的观念之中。这道生命之光不仅照亮了艾米丽十二岁生日那普通的一天，也照亮了《我们的小镇》前两幕中所有写到或没有写到的普通的生活，更照亮了所有观众与阅读者看似平凡的每一天。

“有没有人在活着的时候，意识到生命的意义——每一分，每一秒？”怀尔德在他的剧中始终表述着一种挣扎与困境：生命看上去是无限的平凡、简单，却要对这平凡的存在有全然的认识。到了后期的《阿尔刻提斯之歌》中，怀尔德干脆放弃了所有的舞台手段，让自己化身到一个古希腊故事中，借着人物之身去经历、人物之口去提问。阿尔刻提斯走过的路充满了剧作者自身的疑惑、绝望与和解。怀尔德在剧中和故事的最后都没有给出答案，而是给了阿尔刻提斯和所有观众对终有答案的信心。

普通人心中不普通的爱

我与桑顿·怀尔德结缘于 2007 年，在中央戏剧学院就读时，黄维若教授在创作课上提及怀尔德运用“舞台监督”的戏剧手法。恩师张先教授十分推崇彼得·斯丛狄的《现代戏剧理论》，这本薄薄的小册子梳理了不少现代戏剧名家，唯独怀尔德占据了两个小节。彼时怀尔德的中文版作品只有《我们的小镇》，是导演系姜若瑜教授为了排演毕业大戏而翻译的，后来发表在《新剧本》杂志上。读研期间我托朋友从美国买到了怀尔德作品全集，陆续读完了他的大部分戏剧作品。

十几年过去，如今重读怀尔德的许多作品，我仍会像从前一样潸然落泪。2012 年冬天我在写关于怀尔德的论文，每天晚上十点图书馆闭馆回家走在胡同里，总能看到月光明亮如水地落下来。登上一层楼梯我总会在平台上站一会儿，静静地望着月亮和漫天繁星，心里就慢慢被温柔的爱意充满。我总是想起《我们的小镇》第一幕的结尾，艾米丽望着天空说："我就是睡不着，爸爸。月色实在是太美了。"而乔治和瑞贝卡则聊起一封奇怪的信，地址写着：简·克罗夫特；克罗夫特庄园；格洛佛角；萨顿县；新罕布什尔州，美利坚合众国；北美洲大陆；西半球；地球，太阳系；宇宙；上帝的心灵。站在那样的夜里，想起剧中的台词，你会感觉有人正从宇宙深处定睛望着你。

如今也觉得他笔下的日常生活很温暖，翻译独幕剧《前往特伦顿与卡姆登的快乐旅程》时，每一次读剧本都会流泪。或许是因为世界在这两年发生了天翻地覆的变化，人的心境也跟随着转变，我越来越觉察到此时此刻那么珍贵，与家人在一起的时光那么珍贵，觉得人真应该如剧中台词所说，去努力“意识到生命的意义——每一分，每一秒”，去学习忍耐，学习相信，因为想要理解眼下，意味着你需要看到事情完整的情形。我们人类有谁看到了这整个故事呢，谁知道故事会怎样结局呢？

这些年我时常会借机给身边戏剧行业的朋友推荐怀尔德，也会在网上发布一些翻译的短作品，一直以来我都有强烈的愿望，希望这位心尖上的剧作家能被更多人认识。大概是念念不忘，终有回响，乐府文化在去年联络我说想出版怀尔德的独幕剧集。后来我又向编辑推荐了两本长剧《九死一生》与《阿尔刻提斯之歌》，没想到他们特别痛快并迅速地签下了版权，并将翻译工作一并交托给我。

对于这份工作，我既兴奋又惶恐。我读戏剧创作出身，有一些舞台剧翻译和译配经验，怀尔德的写作用词简洁（虽然偶尔会疯狂掉书袋），按理说不会太难。但我还是害怕搞砸了喜爱的作品，每一部译完都是看了又看，总能找到些不完美之处。集子出版之前编辑又联络让我写一篇译者序，我当然是开心又荣幸，却也少不了有些忐忑。虽然已尽力而为，但文中一定还有错漏之处，希望大家能够随时指正。

写到最后我想说，能够参与到这次出版工作中，尽一份力，我感到非常幸福。对于怀尔德，对于戏剧，对于生活，我想引用《阿尔刻提斯之歌》剧中那句最爱的台词来表达："我是一个普通的人，但那充满在我心中的爱，不是普通的爱。"

黄七阳

2022 年 4 月

漫长的圣诞晚餐

The Long Christmas Dinner

给制作人的提示

该剧跨越九十年，以快进的方式表现了贝亚德家的九十次圣诞晚餐。虽然演员的语言、动作和状态是日常且现实的，但戏剧整体的制作应力图激起观众的想象，应是具有暗示性的。相应地，较之常规的布景，更建议使用灰色幕布加上立体布景来作为房间的墙壁。桌子中央摆放着一盆圣诞绿植，左端摆放着酒壶和酒杯。除此以外，剧中所有物品都是虚构的。在整部剧中，剧中人物继续用虚拟的刀叉吃着看不见的食物。演员着装素朴，必须通过表演来表现年龄的逐渐增长。

女士们可以事先把披肩藏起来，随着年龄的增长，再逐渐把披肩披在肩膀上。

幕布升起时，舞台应该是黑暗的，渐渐地，一束强光亮起并覆盖了桌子。灯光也从两个入口射向舞台。舞台右侧的灯光应为“冷色 ”，舞台左侧的灯光应为“暖色”。如果可能的话，所有的灯光都不应照射到房间的墙壁上（当这出戏单独演出时，可以不使用幕布，这样到场的观众就可以看到舞台的布置和桌子的摆放，尽管是在模糊不清的黑暗中）。

经验表明，许多剧团在演出该剧时都会陷入一种怪异、乏味的境地。应该注意的是，对话要正常，在“死亡 ”之后，戏剧应立即加快节奏。

人物

露西亚——罗德里克的妻子

罗德里克——贝亚德妈妈的儿子

贝亚德妈妈

布兰登表兄

查尔斯——露西亚和罗德里克的儿子

吉娜维芙——露西亚和罗德里克的女儿

莉奥诺拉·班宁——查尔斯的妻子

露西亚——莉奥诺拉和查尔斯的女儿，与塞缪尔是双胞胎

塞缪尔——莉奥诺拉和查尔斯的儿子，与露西亚是双胞胎

罗德里克——莉奥诺拉和查尔斯的小儿子

厄玛加德

用人

护士

场景

贝亚德家的餐厅。

靠近舞台脚灯处，摆着一张为圣诞晚餐精心布置的长餐桌。切肉的人的座位在右侧，前面摆着一只大火鸡。

在最左侧的舞台口台柱旁，有个奇怪的入口，上面点缀着水果和花卉组成的花环。正对面是另一个门廊，挂着黑色天鹅绒帘布。两个入口分别象征生与死。

沿着后墙，最右边是一个餐具柜，中央是一个壁炉，其上方或许挂着一幅男性的肖像画，左侧是通向门厅的一扇门。

餐桌两端各有一把椅子，另外三把椅子靠墙放置。位于一端的主座的椅子应该有着高椅背儿和扶手。

没有幕布。进入剧院的观众能看到工作人员布置舞台和摆放桌椅，尽管这些都在半明半暗中进行。观众席的灯光渐渐变暗，舞台变亮，就像有耀眼的冬日阳光从餐厅窗户射过来。露西亚进来。她检查了一下餐桌，重新摆摆刀叉。她跟一个观众看不见的女佣说话。

露西亚：

我想我们已经准备好了，格特鲁德。今天我们不摇铃了，我亲自去叫他们。

（她走进门厅，喊道）罗德里克，贝亚德妈妈，我们都准备好了。来用餐吧。

罗德里克推着坐在轮椅上的贝亚德妈妈上场。

贝亚德妈妈：

又买了一匹新马，罗德里克？我过去以为只有坏人才会有两匹马呢。一匹新马，一座新房子，还有一个新媳妇!

露西亚:

来，贝亚德妈妈，您坐在我们中间。

罗德里克:

妈妈，你喜欢吗？这是在新房子里的第一次圣诞大餐，不错吧?

贝亚德妈妈:

啧，啧，啧！我都不知道你亲爱的爸爸如果在的话，会怎么说!

罗德里克做餐前祷告。

亲爱的露西亚，我还记得这个地方有印第安人的时候，那时我也不是小女孩了。我记得，我们得乘新做的木筏才能渡过密西西比河。我还记得，那时圣路易斯和堪萨斯城里到处都是印第安人呢。

露西亚：

（给贝亚德妈妈的脖子上系餐巾）想象一下！在那儿！对于我们的第一次圣诞大餐来说，那是多么美好的一天啊：美丽早晨的阳光灿烂，外面有雪，精彩绝伦的布道。麦卡锡博士的布道真是好极了。我哭了好几次呢。

罗德里克：

（递过来一把想象的切肉叉）来吧，你想来点儿什么，妈妈？来片鸡胸肉吧？

露西亚：

每根小树枝都结了冰。这可挺罕见的。亲爱的，让我帮你切吧？（回过头）格特鲁德，我忘拿果冻了。你知道的，在架子最上面。贝亚德妈妈，在我们搬家时，我找到了你母亲的酱油壶。她叫什么来着，亲爱的？你们都叫什么名字来着？你好像是叫……吉纳维芙·韦恩赖特。而你母亲叫……

贝亚德妈妈：

是啊，你最好把它记在什么地方。我叫吉纳维芙·韦恩赖特。我妈叫菲斯·莫里森。我外公是新罕布什尔的农民，有时候也干点儿铁匠的活儿。我妈嫁给了年轻的约翰·韦恩赖特。

露西亚：

（扳手指记名字）吉纳维芙·韦恩赖特；菲斯·莫里森。

罗德里克：

都记在楼上的一本书里了。什么都记了。这些事都挺有意思的。来，露西亚，来点儿酒。妈妈，喝点儿红酒庆祝圣诞吧。倒满。喝点儿酒，养养胃。

露西亚：

真的，我就是喝不惯酒！我爸如果还在，该怪我了。但我想可以来点儿。

布兰登表兄从门厅走进来。他在露西亚旁边坐下。

布兰登表兄：

（搓了搓手）不错，不错，我闻到火鸡的味道了。我亲爱的表兄妹们，能跟你们一起吃圣诞大餐，我真是太高兴了。我在阿拉斯加住那么久，一个亲戚都没有。让我想想，你们这个新房子买多久了，罗德里克？

罗德里克：

噢，应该有……

贝亚德妈妈：

五年。五年了，孩子。你应该记日记。这是你们在这儿的第六次圣诞晚餐了。

露西亚：

天啊，罗德里克。我感觉仿佛我们在这儿已经住了二十年了。

布兰登表兄：

无论怎么说，这房子看起来就跟新的一样。

罗德里克：

（正切着肉）你想喝点儿什么，布兰登，饮料还是酒？弗利达，把布兰登的杯子倒满。

露西亚：

哦，天啊，我就是喝不惯这些酒。我不知道如果我老爸在，会怎么说，我真的不知道。贝亚德妈妈，你想喝点儿什么？

在说下面这番话时，贝亚德妈妈的椅子，在没有谁推的情况下，逐渐远离餐桌，然后向右转，缓慢驶向黑色的出口。

贝亚德妈妈：

是的，我还记得那时，这块土地上有印第安人。

露西亚：

（轻声地）贝亚德妈妈最近身体不太好，罗德里克。

贝亚德妈妈：

我母亲叫菲斯·莫里森。在新罕布什尔，她嫁给了一个叫约翰·韦恩赖特的小伙子，他是公理会牧师。他是在一次教堂集会时遇见她的。

露西亚：

（起身来到舞台中央）亲爱的贝亚德妈妈，你最好躺下来。

贝亚德妈妈：

就在他布道的时候，他对自己说："我要娶那个女孩儿。"然后，他就真娶了，接着就有了我这个女儿。

罗德里克起身，忧心地转向右侧。

露西亚：

（焦虑地看着她）亲爱的，就睡一小会儿，好吗？

贝亚德妈妈：

我没事。你们继续吃。（从右侧下）十岁时，我对我哥说……

一个十分短暂的停顿，其间罗德里克坐下，露西亚回到座位。三人继续吃东西。

布兰登表兄：

（亲切地）太糟了，今天真是个阴冷的鬼天。我们几乎要点油灯取暖了。做完礼拜后，我跟刘易斯少校聊了几句。他一直有坐骨神经痛，但他挺坚强的。

露西亚：

（轻擦眼睛）我知道贝亚德妈妈不会希望我们在圣诞节为她难过的，可我真的忘不了她，就在去年，她还坐在我们旁边的轮椅上。她如果知道我们的好消息，一定会很高兴。

罗德里克：

好了，好了。这是圣诞节。（正式地）布兰登表兄，干一杯吧。

布兰登表兄：

（半起身，豪爽地举起杯）干杯，先生！

露西亚：

少校的坐骨神经痛严重吗？

布兰登表兄：

可能还行吧。但是你知道他的为人。他说就算是过了一百年，这病也还会是老样子。

露西亚：

是啊，他真是一个伟大的哲学家。

罗德里克：

他妻子非常感谢你送的圣诞礼物。

露西亚：

我都不记得送她什么了——哦，想起来了，一个针线筐。

短暂停顿。演员们看向左侧的入口。从生之门走出来一个护士，怀中抱着想象的婴儿。露西亚赶忙过去，男人们紧随其后。

露西亚：

哦，我可爱的小婴儿，我亲爱的小宝贝！谁见过这么可爱的孩子！快点儿，护士，是男孩儿，还是女孩儿？男孩儿！罗德里克，我们叫他什么？天啊，护士，你几时见过这么可爱的孩子！

罗德里克：

我们就叫他查尔斯，用你父亲和祖父的名字。

露西亚：

但是《圣经》里没有查尔斯这个名字啊，罗德里克。

罗德里克：

当然有，绝对有。

露西亚：

罗德里克！那好吧，但是对我来说，他就叫塞缪尔。

布兰登表兄：

真的，护士，真是从未见过这么可爱的孩子。

护士走向中间的门。

露西亚：

你看看他这双神奇的小手啊！真的，这是世界上最好看的一双手了。好了，护士。睡个好觉吧，我可爱的宝贝儿。

护士从门厅下。露西亚和布兰登表兄回到座位上。

罗德里克：

（朝中间的门喊）别摔着他，护士。布兰登和我还需要他以后来公司上班呢。露西亚，要鸡胸肉吗？要馅儿吗？蔓越莓沙司，谁要？

露西亚：

（回过头去）玛格丽特，今天的馅儿很好啊——少来一点儿就行，谢谢！

罗德里克：

现在该喝点儿什么，好下菜。（半起身）布兰登表兄，跟你干一杯，先生。为女士们干杯，愿上帝保佑她们。

露西亚：

谢谢，好心的先生们。

布兰登表兄：

真可惜，今天是个阴天，也没下雪。

露西亚：

但是布道好极了！我哭了好几次呢。斯波尔丁博士的布道实在是精彩。

罗德里克：

做完礼拜后我和刘易斯少校聊了会儿。他说他的风湿病时好时坏。他妻子说有礼物要给查尔斯，下午她会带过来。

他们再次转向左侧。护士同上次一样进来。露西亚跑向她。罗德里克来到舞台中央。布兰登表兄没有起身。

露西亚：

哦，我可爱的小婴儿！真的，我从来没想过是个女孩儿。是吧，护士，她很完美。

罗德里克：

这次你想叫她什么就叫她什么。轮到你了。

露西亚：

噜噜噜噜，哎咿，哎咿。是啊，这次由我决定。她就叫吉娜维芙，用她奶奶的名字吧。好好睡一觉吧，我的宝贝！

护士从门厅下。

露西亚：

想象一下！有一天她也会长大，会说："早上好，妈妈。早上好，爸爸。"——真的，布兰登表兄，这么可爱的孩子可不多见。

他们回到座位，再次开始吃饭。罗德里克站着切肉。

布兰登表兄：

还有新工厂也不错呢。

露西亚：

新工厂？真的？罗德里克，如果我们成了富人，我恐怕还不适应呢。这几年，我一直担心这个——但是，圣诞节我们最好不谈这个。我就要一小块儿鸡胸肉，谢谢。罗德里克，查尔斯命中注定是要做个牧师的。我非常确信。

罗德里克：

女人啊，他才十二岁。让他自己选择吧。坦白说，我们想让他到公司来。（坐下。明显展示出更成熟的气质）不管怎么说，没有什么比等着儿子长大、开始成家立业更漫长的了。

露西亚：

我可不想让时间过得太快，谢谢。我就喜欢孩子现在的样子。真的，罗德里克，你知道医生怎么说的吧：一餐一杯。不用倒了，玛格丽特，就这么多了。

罗德里克站起来，手里拿着杯子。表情悲伤的他朝着右边的出口迈了几步。

罗德里克：

（拿着杯子）我现在想知道自己到底是怎么了。

露西亚：

罗德里克，你讲讲道理。

罗德里克：

（向右走几步，带着一种英勇的讽刺）但是，亲爱的，统计数字表明，我们这些长期有节制饮酒的人……

露西亚：

（起身，快步来到舞台中央）罗德里克！亲爱的！你说什么呀？

罗德里克：

（回到自己的座位，看起来有些受到惊吓，但又如释重负，显得苍老了许多）好吧，回到桌边和你坐在一起，感觉也不错。

露西亚回到座位。

罗德里克：

我在楼上时错过了多少次美好的圣诞晚餐？又能在这样一个亮堂堂的好地方吃饭，感觉真不错。

露西亚：

哦，亲爱的，你这段时间可真把我们吓着了！

给你一杯牛奶。约瑟芬，给贝亚德先生拿药，在书房的柜子里。

罗德里克：

不管怎么样，我现在是好多了。我打算改造一下这个房子了。

露西亚：

罗德里克！你不是真要改造这个房子吧？

罗德里克：

哦，就是到处修补一下。它看起来就像有一百年了。

查尔斯随意地走进了客厅。

查尔斯：

早上这风可真大啊，妈妈。那风从山上吹过来，就像是大炮一样。

他亲了亲母亲的头发。

露西亚：

查尔斯，你来切火鸡。你爸爸身体不好。

查尔斯：

你总说你讨厌切火鸡，其实你切得很好。

查尔斯从右侧墙边拿一把椅子，放在桌子右端、贝亚德妈妈之前坐的位置。罗德里克坐到那里。查尔斯坐到他父亲此前的位置，开始切火鸡。

露西亚：

（显得年事已高）多好的一次布道啊！我哭了好几次呢。贝亚德妈妈也喜欢好的布道。她过去常常一年到头地哼着赞美诗。哦，天啊，哦，天啊，我一早上都在想着她。

查尔斯：

嘘，妈妈，这是圣诞节啊。你千万别想这些悲伤的事儿。你可别忧郁了。

露西亚：

但是悲伤的事儿不一定让人忧郁啊。我一定是变老了，就像他们。

查尔斯：

布兰登叔叔，你什么东西都没吃。希尔达，把他的盘子递过来……再来点儿蔓越莓沙司……

吉娜维芙从门厅上。

吉娜维芙：

真是壮观啊！（亲吻父亲的两鬓，然后坐在她父亲和布兰登叔叔之间）每根树枝都结了冰，这情景可不多见。

露西亚：

吉娜维芙，去完教堂，你有时间去送一下礼物吗？

吉娜维芙：

好的，妈妈。刘易斯老太太对你给她的礼物万分感谢。她说，那就是她想要的。把分好的礼物给我，查尔斯，礼物。

罗德里克：

女士们先生们，数据表明，我们这些长期有节制地……

查尔斯：

爸爸，我们下午去滑冰怎么样？

罗德里克：

我会一直活到九十岁。

站起身，开始向右侧出口走去。

露西亚：

我真觉得他不能滑冰。

罗德里克：

（站在出口处，突然很吃惊的样子）是啊，可是……可是……还没到时候呢！

罗德里克离开。

露西亚：

（擦着眼睛）布兰登表兄，他那么年轻，那么聪明。（特意大声说话，因为布兰登表兄耳聋了）我说，他是那么年轻，那么聪明。永远不要忘记你们的父亲，孩子们。他是一个好人。好吧，他不会想让我们在今天为他难过的。

查尔斯：

吉娜维芙，要鸡胸肉，还是别的？妈妈，再来一块儿？

露西亚：

（披上披肩）我还记得，我们第一次在这个房子里过圣诞节，吉娜维芙。二十五年前的今天。贝亚德妈妈就坐这儿，坐在轮椅上。她还能记得印第安人在这片土地上的事儿。那时候，她得乘着新做的筏子过河呢。

查尔斯：

妈妈，她不可能记得的吧。

吉娜维芙：

那肯定是假的。

露西亚：

当然是真的——就连我都还记得这儿只有一条马路的时候。我们都很高兴走在石板上。（提高声音，冲着布兰登表兄）我们还能记得没有人行道那会儿，是吧，布兰登表兄？

布兰登表兄：

（高兴地）哦，当然！真怀念那段时光啊！

查尔斯和吉娜维芙：

（小声附和，这是这家人的口头禅）真怀念那段时光啊。

露西亚：

昨天的舞会怎么样，吉娜维芙？你玩得开心

吗？我希望你没跳华尔兹，亲爱的。我认为像我们这种身份的女孩儿，就应该做好表率。查尔斯有没有监督你？

吉娜维芙：

他可没工夫盯我。他眼睛都在莉奥诺拉·班宁身上呢。他的心思可是再也藏不住了，妈妈。我想他要跟莉奥诺拉·班宁结婚了。

查尔斯：

我可没要跟谁结婚。

露西亚：

嗯，她很漂亮。

吉娜维芙：

我永远不结婚，妈妈——我会住在这个房子里，永远陪着你，仿佛生命就是一次漫长而幸福的圣诞大餐。

露西亚：

哦，我的孩子。你千万别这么说。

吉娜维芙：

（开玩笑）你不想要我了？你不想要我了？

露西亚突然哭起来，吉娜维芙起身走到她身旁。

吉娜维芙：

怎么了妈妈？你真傻啊！这有什么可难过的？这到底有什么可难过的？

露西亚：

（擦干眼泪）原谅我。我现在情绪莫名其妙，仅此而已。

查尔斯走到门口，把莉奥诺拉·班宁领进屋。

查尔斯：

莉奥诺拉！

莉奥诺拉：

早上好，贝亚德妈妈。

露西亚起身来到门口处问候莉奥诺拉。布兰登表兄也站了起来。

莉奥诺拉：

大家早上好。贝亚德妈妈，你挨着查尔斯坐。

她扶她坐到此前罗德里克坐的椅子上。布兰登表兄坐中央的椅子，吉娜维芙在他左边，莉奥诺拉坐在桌子另一端。

莉奥诺拉：

今天真是一个完美的圣诞节啊。

查尔斯：

要点儿鸡胸肉吗？吉娜维芙？妈妈？莉奥诺拉？

莉奥诺拉：

每根小树枝都结了冰——从没见过这样。

查尔斯：

（大声喊）布兰登叔叔，再来一杯？罗格斯，给我叔叔倒上一杯。

露西亚：

（对查尔斯说）像你爸爸当年那样敬他一杯。布兰登表兄会很高兴的。你知道的——（假装举起一个杯子）——“布兰登叔叔，来干一杯……”

查尔斯：

（起身）布兰登叔叔，跟您干一杯，先生。

布兰登表兄：

干了这杯，先生。为女士们干杯，愿上帝保佑她们。

女士们：

谢谢，好心的先生们。

吉娜维芙：

如果我为音乐的事去了德国，我保证一定回来过圣诞。我一定不会错过的。

露西亚：

我真不愿意想到你要一个人去那么远，住那些奇怪的小旅馆。

吉娜维芙：

但是，亲爱的妈妈，时间过得很快，你还没什么感觉呢，我一眨眼就回来了。

莉奥诺拉看向左边的入口，站起来，走了几步。护士抱着婴儿从左侧上。

莉奥诺拉：

哦，多可爱的一个小天使啊！世界上最可爱的宝贝儿。让我抱抱他，护士。

护士决然地抱着婴儿穿过舞台，走进了右侧的出口。莉奥诺拉跟在后面。

莉奥诺拉：

哦，我真的很爱他！

查尔斯站起身，搂住妻子，在她耳边轻语，慢慢地带着她回到座位。

吉娜维芙：

（在两人过来时，轻声地对她妈妈说）我能帮上什么忙吗？

露西亚：

（抬了抬眉毛，悲伤地说）不用，亲爱的。只有时间，这种事，只有靠时间的流逝才能治愈。

查尔斯回到自己的座位。短暂的停歇。

露西亚：

我们把厄玛加德叫过来跟我们一起住怎么样？反正这儿地方多的是。真不明白她为什么一直都教一年级。查尔斯，她不会妨碍我们的，对吧？

查尔斯：

不会的。我觉得这主意不错——谁还想再来点儿土豆烧肉？妈妈，再来点儿火鸡？

布兰登表兄站起身，开始慢慢地向右侧出口走去。露西亚起身，用手遮住脸，站了片刻。

布兰登表兄：

（喃喃）那些日子住在阿拉斯加可真不错……

吉娜维芙：

（半起身，面带惧色地看着母亲）妈妈，这是怎么……

露西亚：

（赶忙说）嘘，别作声，亲爱的。没事儿的。好好做你的音乐，知道吗？

当吉娜维芙起身想靠近她。

露西亚：

不，别。我想一个人待会儿。

查尔斯：

如果共和党人把精力放在赢得所有选票上，而不是搞内部分裂，他们也许就能阻止他连任。

露西亚转过身去，跟随着布兰登表兄，向右边走去。

吉娜维芙：

查尔斯，妈妈最近状况不太好，但她没告诉我们。

查尔斯：

来吧，妈妈，我们一起去佛罗里达待几个星期。

吉娜维芙跑向她母亲。布兰登表兄从右下。

露西亚：

（在出口，微笑着向吉娜维芙招手）别傻了。别为我悲伤。

露西亚把双手紧扣抵住下颚，双唇微动，低语着。她悄悄地走进出口。

吉娜维芙：

（目送她）可是我能做什么？我还有什么可以做的？

她回到座位。与此同时，护士带着两个婴儿从左上。莉奥诺拉冲了过去。

莉奥诺拉：

哦，我的小宝贝……双胞胎……查尔斯，他们多漂亮啊！瞧瞧他们，瞧瞧他们。

查尔斯向左侧走去。

查尔斯：

（躬腰探向摇篮）怎么区分他们？

莉奥诺拉：

我觉得自己是世界上第一个生双胞胎的妈妈——现在瞧瞧他们！但是为什么贝亚德妈妈不能活到现在，亲眼看看他们！

吉娜维芙：

（突然心烦意乱地起身，大声说）我不想继续了。我实在受不了了。

查尔斯：

（立刻走向她。他们坐了下来。他焦急地抓住了吉娜维芙的手，轻声说）可是吉娜维芙，吉娜维芙！想想妈妈如果知道会多难受……吉娜维芙。

吉娜维芙：

（疯狂地）我从来没告诉过她，她有多好。我们待她就像她只是个住在家里的朋友。我曾以为她会永远在我们身边。

坐下。

莉奥诺拉：

（羞怯地）吉娜维芙，亲爱的。快过来一会儿，握握宝贝们的手。

吉娜维芙调整了情绪，来到护士身边。她看着摇篮，脸上的笑容并不自然。

莉奥诺拉：

我们叫女儿露西亚，跟她外婆一样——这会让你高兴吗？看看他们可爱的小手啊。

吉娜维芙：

他们真是太可爱了，莉奥诺拉。

莉奥诺拉：

把你的手指给他，亲爱的。让他抓着你的手指。

查尔斯：

我打算管儿子叫塞缪尔。好了，现在大家都过来，把饭吃完。

女士们回到座位坐下。查尔斯冲着门厅喊。

查尔斯：

别摔到他们，护士。至少别摔了这个男孩。我们公司还需要他呢。

他也回到座位。

莉奥诺拉：

有一天，他们会长大。想象一下！他们会跑过来，说："你好！妈妈！"

查尔斯：

（已经四十岁，举止庄重）来啊，喝点儿酒，莉奥诺拉，吉娜维芙？把杯子满上。爱德华多，帮女士们满上。今天早上可真冷啊。我以前经常跟爸爸一起，在这样的早上滑冰。妈妈从教堂回来，总是说——

吉娜维芙：

（恍惚地）我知道。她会说："今天的布道真是好极了，我哭了好几次呢。"

莉奥诺拉：

亲爱的，为什么她要哭呢？

吉娜维芙：

他们那代人听布道时总掉眼泪的。那就是他们的方式。

莉奥诺拉：

真的吗，吉娜维芙？

吉娜维芙：

他们从小时就必须去教堂。我想，布道会让他们想起自己的父母，就像圣诞大餐对我们的意义一样。尤其是在这样一个老房子里。

莉奥诺拉：

查尔斯，这个房子真的很老了。而且好难看啊，瞧瞧那些铁制装饰，还有那糟糕的圆顶。

吉娜维芙：

查尔斯！你不会想换房子吧！

查尔斯：

不，不会的。我不会放弃这房子。可是，老天啊，它有五十年了啊！明年春天，我们就把那个圆房顶去掉，再在靠近网球场的地方建一所新的附楼。

从这之后，我们就可以看到吉娜维芙发生了变化。她坐得越发挺直，嘴角纹丝不动。她成了一个心直口快、略有些心灰意冷的老姑娘。查尔斯成了一个纯粹的生意人，有点儿喜欢炫耀。

莉奥诺拉：

为什么不请厄玛加德表姐来这儿跟我们一起住呢？她真是有些自卑过度了。

查尔斯：

现在就叫她来。别让她再教一年级了。

吉娜维芙：

我们好像只在圣诞节看她送给我们的圣诞卡时，才会想到这个。

护士和婴儿从左上。

莉奥诺拉：

又一个男孩儿！又一个男孩儿！你终于有个罗德里克了。

查尔斯：

（来到左侧）罗德里克·布兰登·贝亚德。一个有模有样的小斗士。

莉奥诺拉：

再见，宝贝。别长得太快。是的，是的，哎咿，哎咿，哎咿——就像现在这样别变。谢谢你，护士！

吉娜维芙：

（一直没离开桌子，冷冰冰地重复）就像现在这样别变。

护士从门厅下。查尔斯和莉奥诺拉回到座位上。

莉奥诺拉：

现在我有三个孩子了。一，二，三。两个男孩儿，一个女孩儿。我成育儿专业户了。这真让人兴奋。

（回头）什么，希尔达？哦，厄玛加德表姐来了！快进来，表姐。

她走向客厅，把表姐迎进来。厄玛加德已经是位年长的女性了。

厄玛加德：

（害羞地）真高兴能过来跟你们一起住。

查尔斯：

（帮她把中间的椅子拖出）这对双胞胎已经喜欢上你了，表姐！

莉奥诺拉：

小宝贝立马就冲她过去了。

查尔斯：

我们到底是什么亲戚，厄玛加德表姐？来，吉娜维芙，这是你的专长啊。孩子他妈，先来点儿火鸡和肉馅？蓝莓沙司，谁要？

吉娜维芙：

我想我能弄清楚。贝亚德祖母是你的……

厄玛加德：

你的祖母贝亚德是我的祖母哈斯金斯的二表妹。她们都属于吉恩赖特家族。

查尔斯：

哦，这些都记在楼上的一本书里。所有这些都挺有意思。

吉娜维芙：

胡说。根本没有那些书。我是从墓碑上记来的。告诉你吧，为了找到一个曾祖，你得先把石碑上厚厚的一层青苔给刮掉呢。

查尔斯：

据说在还没有桥和渡轮的时候，我祖母是坐筏子过密西西比河的。在我和吉娜维芙出生之前，她就去世了。在这样一个伟大的新国家，时间自然过得很快。厄玛加德表姐，再来点儿蓝莓沙司？

厄玛加德：

（羞怯地）嗯，在欧洲时间一定过得很慢，那里可怕的战争打个没完。

查尔斯：

也许时不时打点儿仗，并不是件坏事儿。它会清除一个国家的毒素，就像把东西煮一煮。

厄玛加德：

哦，天啊！哦，天啊！

查尔斯：

（高兴地）是的，这就像煮一下——嚯！嚯！

双胞胎来了。

双胞胎在通向门厅的门口出现。塞缪尔穿着一件海军服，露西亚正细心帮他整理衣服。

露西亚：

妈妈，他穿这个真好看，是吧？

查尔斯：

让我瞧瞧！

塞缪尔：

妈妈，我不在的时候，别让罗德里克乱动我的集邮册。

走向右侧。

莉奥诺拉：

听着，塞缪尔，你一定要经常写信。在这方面你要做个好孩子，记住了。

塞缪尔：

你应该时不时给我寄些你做的蛋糕，厄玛加德表姑。

莉奥诺拉站起来。

厄玛加德：

（激动地）我一定会的，我亲爱的孩子。

莉奥诺拉走到舞台中央。塞缪尔继续向右走去。

查尔斯：

（起身面向塞缪尔的方向）如果你需要钱的话，我们在巴黎和伦敦有代理商，记着。

莉奥诺拉：

（向右走）一定要做个好孩子，塞缪尔。

塞缪尔：

好的，再见……

塞缪尔亲吻了母亲，丝毫没有伤感，利落地走进右侧出口。其他人都回到座位，露西亚坐在父亲左边。

厄玛加德：

（用低沉压抑的声音找话讲）从教堂出来时，我跟费尔柴尔德夫人聊了一会儿。她说自己的风湿关节炎好些了。她让我向你转达最真挚的谢意，你给她送了个圣诞礼物，是个针线筐，对吗？

（短暂停顿）—— 今天的布道真不错。而且，我们的彩色玻璃看起来真漂亮，莉奥诺拉，真是太漂亮了。每个人都说起这玻璃了，提到小塞缪尔时，大家都很动感情。

莉奥诺拉用手捂住了嘴。

厄玛加德：

对不起，莉奥诺拉，我们都这么想他，提提他总比不提强。

莉奥诺拉：

（起身，痛苦地）他还是个孩子。他还是个孩子，查尔斯。

查尔斯：

亲爱的，亲爱的。

莉奥诺拉：

我想告诉他，他是多么优秀。我们就这么随随便便让他走了。我想告诉他，我们都爱他——原谅我，让我起来走走——是的，当然，厄玛加德，应该谈谈他。

露西亚：

（低声对吉娜维芙说）我能帮什么忙吗？

吉娜维芙：

不，帮不上的。只有时间，这种事儿，只有靠时间的流逝才能治愈。

莉奥诺拉走来走去，发现自己来到了通往门厅的门前。这时，她的儿子罗德里克走进来，用胳膊挽住母亲的胳膊，又把她领回桌子前。

罗德里克：

怎么了？你们怎么都这么闷闷不乐？今天滑冰可热闹了。

查尔斯：

罗德里克，我有事儿要跟你说。

罗德里克：

（站在桌子前、母亲的座位前方）大家都在那儿。露西亚一直在跟那个丹·克瑞顿在角落里滑来滑去。什么时候轮到你，露西亚，什么时候轮到你？

露西亚：

我不知道你在说什么。

罗德里克：

露西亚就要离开我们了，妈妈。大名鼎鼎的丹·克瑞顿。

查尔斯：

（神色严肃）年轻人，我有话跟你说。

罗德里克：

好的，爸爸。

查尔斯：

听说你昨晚在乡村俱乐部出丑了，这是真的吗，罗德里克——就是那个平安夜舞会？

莉奥诺拉：

现在别问了，查尔斯，我求你。这是圣诞节大餐。

罗德里克：

（大声地）没有，我没有。

露西亚：

他说的是真的，爸爸，他没有。是那个讨厌的乔尼·李维斯。

查尔斯：

我不想知道关于乔尼·李维斯的事儿。我只想知道是否我的儿子……

莉奥诺拉：

查尔斯，我求你……

查尔斯：

我们是这个镇上最古老的家族。

罗德里克：

（从桌子前走向舞台中央偏左的位置）我恨这儿，我恨这儿的一切。我一直都恨。

查尔斯：

你的行为举止就像一只宠坏了的小狗，先生。一只娇生惯养的宠物狗。

罗德里克：

我做什么了？我到底做错什么了？

查尔斯：

（起身）你喝醉了，而且还对我最好的那些朋友的女儿们失礼。

吉娜维芙：

（敲了一下桌子）为什么要把事情闹成这个样子啊？查尔斯，我真替你害臊。

罗德里克：

哦，天啊。你只有喝醉了酒，才能忘却这了无生趣的生活。在这儿，时间过得太慢了，就跟静止了似的。这就是我的烦恼。

转身走向门厅的门。

查尔斯：

好吧，年轻人，我们可以让你忙起来。你别念大学了，一月二号就来贝亚德的厂里上班。

罗德里克：

（在门口）我还有比去那个老工厂更重要的事情做呢。我要去一个时间过得快的地方，上帝啊！

走进门厅。

莉奥诺拉：

（起身冲向门口）罗德里克，罗德里克，快过来待会儿——查尔斯，他能去哪儿？

露西亚：

（起身）妈妈，他会回来的。

（将母亲带回椅子旁，然后走向门厅的门）现在我要上楼收拾箱子了。

莉奥诺拉：

我要一个孩子也不剩了！

坐下。

露西亚：

（在门口）别，妈妈。他会回来的。他只是去加州或什么地方。厄玛加德表姑已经差不多帮我把箱子收拾好了。真是太感谢了，厄玛加德表姑。

她临时想起，吻了吻妈妈。

我不会离开太久的。

她跑进门厅。

厄玛加德：

（高兴地）今天天气多好啊。从教堂回来的路上，我到福斯特夫人那儿待了会儿。她的关节炎时好时坏。

莉奥诺拉：

亲爱的，她是不是真的很痛苦？

厄玛加德：

哦，她说一百年后这病也是这老样子。

莉奥诺拉：

是的，她很勇敢，太能忍了。

查尔斯：

好了，孩子他妈，想要鸡胸肉吗？玛丽，把我表姐的盘子拿来。

莉奥诺拉：

这是什么，玛丽？哦，是他们从巴黎发的电报！“祝大家圣诞快乐，爱你们。”我告诉他们，我们今天会吃他们的结婚蛋糕，而且会想着他们。他们好像已经决定要在东部定居了，厄玛加德。我甚至不能让我的女儿做我的邻居。他们打算不久就在纽约北部的海边建栋房子。

吉娜维芙：

纽约北边没有海岸。

莉奥诺拉：

好吧，东部或是西部，管它什么地方。

停顿。

查尔斯：

（现在已经六十岁了）天啊，天真阴！家里没有年轻人，时间过得真慢啊！

莉奥诺拉：

我可是有三个孩子呢，就是都不在这儿。

查尔斯：

（想要安慰她，但是却说错话了）嗯，其中一个把生命献给了祖国。

莉奥诺拉：

（悲伤地）还有一个在中国卖铝材呢。

吉娜维芙：

（情绪越来越激动，逐渐变得歇斯底里起来）我什么都能忍，就是不能忍受这煤烟。我们早就该搬走了。我们周围到处都是工厂，每个星期都要换窗帘。

莉奥诺拉：

怎么了，吉娜维芙?

吉娜维芙：

我真是无法忍受。

（起身）我再也无法忍受了。我要出国。不仅仅是这些钻进屋子里的煤灰，还有些事情我想到就受不了。想到现在这里的样子，再想想这儿本该是什么样子，我就无法忍受。还有那种在这老房子度日如年的感觉。我的妈妈好像就是昨天走的，而不是二十年前。哦，我要离开，要死在国外。

查尔斯起身。

是的，我就要成为一个死在慕尼黑或是佛罗伦萨，靠救济金过活的美国老处女。

厄玛加德：

吉娜维芙，你累了。

查尔斯：

来，吉娜维芙，喝口凉水。玛丽，开会儿窗户吧。

吉娜维芙：

对不起，对不起。

她满含眼泪地匆匆跑进门厅。查尔斯坐下。

厄玛加德：

我想吉娜维芙会回来的。（站起身，开始向右侧的出口走去）今天你真应该出去看看，莉奥诺拉。所有东西都结了冰，这样的日子真是太美了，真的。

查尔斯：

莉奥诺拉，我过去常常跟着父亲在这样的早晨去滑冰。我真希望身体能好点儿。

查尔斯起身，跟在厄玛加德后面向右走。

莉奥诺拉：

（起身）什么？我怎么能同时照顾两个病号？厄玛加德表姐，你一定要好起来，帮我照顾查尔斯。

厄玛加德：

我会尽力的。

厄玛加德在门口转过身，又回到桌子边上。

查尔斯：

好吧，莉奥诺拉，你让我做什么我就做什么。我会给那个小崽子写封信，向他道歉。今天是圣诞节。我会用电报发出去。这就是我要做的。

他从右侧出口下。短暂停顿。

莉奥诺拉：

（擦着眼睛）厄玛加德，多亏现在还有你陪着我。（坐在厄玛加德左边、之前吉娜维芙的位置）玛丽，我真的什么也吃不下了。好吧，那就来一片鸡胸肉。

厄玛加德：

（非常苍老）从教堂出来时，我跟基恩太太聊了一会儿。她问我孩子们都怎么样。在教堂里，我坐在自己工厂生产的窗户下面，感到非常自豪，莉奥诺拉。还有我们的铜牌匾。这是贝亚德造的过道——就是贝亚德生产的普通过道，我爱它。

莉奥诺拉：

厄玛加德，如果来年春天我去孩子们那儿住上一阵儿，你会生我气吗？

厄玛加德：

为什么，当然不。我知道他们多想让你去，多么需要你。尤其是现在他们正打算盖个新房子。

莉奥诺拉：

你不会生气吗？记住了，这个房子就是你的家，想住多久就住多久。

厄玛加德：

我不知道为什么你们其他人不喜欢它。我喜欢得简直无法形容。

莉奥诺拉：

我不会待太久的。我很快就回来。我们可以在晚上大声读书。

莉奥诺拉亲了亲她，然后走入客厅。留下厄玛加德一个人，慢慢地吃着，跟玛丽说着话。

厄玛加德：

真的，玛丽。我改变主意了。能不能麻烦伯莎给我做点儿蛋酒。一点点甜甜的蛋酒。——今天早上收到贝亚德太太的信，真是写得太贴心了。多好的一封信啊！他们要在新家里吃第一顿圣诞大餐。他们一定很高兴。她说，他们叫她贝亚德妈妈，就好像她已经是个老太太了。她说，她发现自己坐轮椅逛逛反而更舒服。多好的一封信啊……玛丽，我要告诉你一个秘密，这还是一个很大的秘密，记住了。他们就要抱孙子了。这真是个好消息！现在我要读会儿书。

她在眼前立起一本书，时不时地用勺子舀一点儿奶黄饼。她从老态龙钟变成老朽不堪。她叹了口气。她摸到放在旁边的拐杖，然后步履蹒跚地走向黑色出口，小声嘀咕着。一段时间内，观众在舞台上看到的只剩这张桌子。之后灯光缓慢地暗下来。

“亲爱的小罗德里克和小露西亚。”

——剧终——

（但汉松译）

法兰西的女王们

Queens of France

人物

玛丽-西多妮·克瑞索——一位年轻漂亮的女性

卡胡萨克先生——一位律师

皮让夫人——一位身材丰满的小布尔乔亚女性

普昂特万小姐——一个老姑娘

还有两个角色——一个男孩，一个老妇人

场景

1869 年，新奥尔良。

卡胡萨克先生是一个贪婪无耻的律师，以自己的职业为幌子，从一群背景各异却同样容易上当受骗的女性身上榨取钱财。他编出谎言，说她们与消失已久的王子有血缘关系，是法兰西王位的正统继承人。

面向街道的办公室门上挂着芦苇门帘，透过它依稀可以看到外面阳光下的公园。

门铃响了一下。短暂的停顿后又响了起来。

玛丽-西多妮·克瑞索掀开帘子走了进来。

她这样一位年轻漂亮的姑娘，被传唤到律师办公室显得有些不合时宜。

卡胡萨克先生，一个身材瘦小的男人，有着一双凌厉黑色眼睛，他正从里屋走出来。

玛丽-西多妮：

（指着自己手中的信）您……您说让我来见您。

卡胡萨克：

（严肃而言简意赅）夫人，您怎么称呼？

玛丽-西多妮：

我是玛丽-西多妮·克瑞索小姐，先生。

卡胡萨克：

（停顿了一下）好的，请坐，小姐。

他走到自己的办公桌前，拉开一堆抽屉，从里面取出一些文件，整理出一大摞，又回到屋子中间，突然说话。

小姐，这次会面请您务必保密。

玛丽 - 西多妮：

好的先生。

卡胡萨克：

（盯着她看了一会儿）我想请问一下，小姐您是否能够承受一些令人震惊的消息，可能是好消息，也可能是坏消息。

玛丽 - 西多妮：

这……我可以的，先生。

卡胡萨克：

那么，如果您就是玛丽-西多妮·克瑞索小姐，是巴普蒂斯特-安特诺·克瑞索的女儿，我有责任通知您，您现在有危险。

玛丽-西多妮：

您是说我有危险，先生？

他走回自己的办公桌，又拉开几个抽屉，拿了更多的文件回来。玛丽-西多妮一直疑惑地看着他。

卡胡萨克：

小姐，我除了是咱们城市的一名律师之外，还是巴黎的历史协会在这里的代表。小姐，接下来请您尽量仔细听我说好吗？一直以来，历史协会都在致力于寻找法兰西王位真正的继承人。您也知道，在大革命期间，准确地说是1795年，法兰西王位真正的、合法的继承人失踪了。有传言说，这个当时仅仅 10 岁的男孩后来到了美国，并且在新奥尔良生活了一段时间。我们现在确认了传言的真实性，我们了解到他在这儿有了继承人，继承人又有了继承人，然后——

玛丽-西多妮突然开始在她的包包里翻找着什么。

卡胡萨克：

小姐，您能否赏脸再听我讲一会儿?

玛丽-西多妮：

（咳嗽）我的扇子——我，我的扇子，先生。（找到扇子，立刻开始拼命扇起风来，并突然大声说）先生！我有什么危险?

卡胡萨克：

（严肃地）小姐，您只需要多那么一分钟——一分钟——的耐心，就会了解所有……继承人又有了继承人，法兰西的皇室血统延续下来，直到这位——（看一眼文件）巴普蒂斯特-安特诺·克瑞索。

玛丽-西多妮：

（停止了扇扇子，盯着对方）巴特——巴普蒂斯特！

卡胡萨克：

（身体前倾，咄咄逼人地强调道）小姐，您是否能够证明，您就是巴普蒂斯特-安特诺·克瑞索的女儿？

玛丽-西多妮：

怎……怎么……

卡胡萨克：

小姐，您是否有您父母的婚姻证明？

玛丽 - 西多妮：

有的，先生。

卡胡萨克：

如果婚姻证明是合法的，如果您确实没有其他法律意义上的兄弟——

玛丽 - 西多妮：

没有，先生。

卡胡萨克：

那么小姐，我没有其他问题了，我要向您宣布，您就是那位真正的、遗失已久的法兰西王位继承人。

他站起身来，带着敬意走到她身边，亲吻了她的手。玛丽-西多妮哭了起来。他走到桌前，倒了一杯水给她，轻声说着“尊贵的陛下”。

玛丽-西多妮：

卡胡萨克先生，很抱歉……肯定是哪里出了问题。我父亲只是一个穷困的水手……一个……穷水手。

卡胡萨克：

（念着自己的文件）一名杰出的、颇具声望的航海家。

玛丽-西多妮：

一个穷水手……

卡胡萨克：

（坚定地）航海家……

停顿，玛丽-西多妮望向四周，还没回过神来。

玛丽-西多妮：

（和之前一样，突然大声地）先生，我有什么危险？

卡胡萨克：

（靠近她，低声说话）尊贵的陛下应该知道，新奥尔良有一些家庭虽然手中没有文件、没有证据（他抖了抖手中的牛皮纸）——仍然假装自己拥有皇室血统。他们的威胁其实还不算大。真正的危险来自法国，来自狂热的共和党人。

玛丽-西多妮：

狂……

卡胡萨克：

不过尊贵的陛下把一切交给我就好。

玛丽 - 西多妮：

（大喊）不要叫我“尊贵的陛下”。

卡胡萨克：

您，可以准许我称呼您克瑞索夫人吗？

玛丽 - 西多妮：

是的先生，叫克瑞索小姐就好。我是玛丽 - 西多妮 · 克瑞索。

卡胡萨克：

我没记错的话，嗯，您有孩子是吗？

玛丽 - 西多妮：

（低声）是的先生，我有三个孩子。

卡胡萨克看着她思考了一下，走回自己的办公桌。

卡胡萨克：

夫人，从现在起，会有许多眼睛盯着您，全世界都会关注您。我必须跟您强调，务必要小心，务必要谨慎。

玛丽－西多妮：

（突然起身，紧张地）卡胡萨克先生，我不想和这件事情有任何牵连。肯定是哪里出了差错。我非常感谢您，但是肯定是什么地方出了差错，不知道是什么问题。我得走了。

卡胡萨克：

（大步走上前）夫人，您这是在做什么？您的头衔不是可以这样随随便便放弃的。再过一两个月，全世界的报纸，就连新奥尔良大大小小的报纸，都会刊登出您的名字。法国贵族们会跨越大西洋来拜访您，路易斯安那的主教也会来拜访您，还有市长……

玛丽 - 西多妮：

不，不。

卡胡萨克：

您会得到许多许多财富，好几座宫殿。

玛丽 - 西多妮：

不，不。

卡胡萨克：

会有一队士兵来守护您的安全。

玛丽 - 西多妮：

不，不。

卡胡萨克：

您会成为上流社会沙龙的负责人，星期二狂欢节的女王……喝口水吧，尊贵的陛下。

玛丽-西多妮：

噢，先生，我该怎么办？先生，您救救我！我不想见主教和市长。

卡胡萨克：

您问我您该怎么办？

玛丽-西多妮：

是的，噢，我的天哪！

卡胡萨克：

眼下的情况，您应该先回家休息。休息一下，再想想，您就知道该怎么办了。星期四早上您可以再来见我。

玛丽-西多妮：

我觉得一定是哪里出了问题。

卡胡萨克：

我想问克瑞索夫人一件事情，我是否有幸可以做您的代表——在官方宣告发出之前——只需要花一点点费用。

玛丽 - 西多妮：

不，不。

卡胡萨克：

历史协会没有什么钱。他们还在艰难地寻找着能证明夫人尊贵身份的最后一些材料，并且遇到了一些困难。不过作为夫人忠实的臣民，他们很愿意为您预支一笔款项。

玛丽 - 西多妮：

不，我什么都不要。我要走了。

卡胡萨克：

夫人请不要担心。眼下您需要休息，好好想想……（门铃响了，他再次欠身握住她的手，轻声说道）“您忠实的仆人，忠诚的侍奉者……”

玛丽 - 西多妮：

（困惑地）祝您早安，再见，卡胡萨克先生。（在门口徘徊了一会儿，又回到屋里，恳切地说）噢，卡胡萨克先生，请不要让主教来见我。市长可以，但是请主教不要来。

皮让夫人上，这是一位身材丰满的小布尔乔亚女性，穿着一身黑色衣服。玛丽 - 西多妮下。皮让夫人优雅地伸出手，卡胡萨克吻了她的手。

皮让夫人：

早上好，卡胡萨克。

卡胡萨克：

尊贵的陛下。

皮让夫人：

你找那个可怕的女人玛丽·克瑞索有什么事呢？你知道她是被人抛弃的吗？

卡胡萨克：

尊贵的陛下，当然，这件事我们都知道。不过眼下我也要赚钱养活自己。克瑞索小姐正打算买一栋小屋还有花园。

皮让夫人：

又买，呵呵！她已经有好几栋房子和花园了。她每找一个情人，都会让对方给自己买房子买花园，整个玛格罗瓦尔教区马上就都归她了。

卡胡萨克：

尊贵的陛下，请屈尊就座？

皮让妇人坐下。

各位皇室成员，今早是否还好？

皮让夫人：

就那样吧。

卡胡萨克：

托斯卡尼公主怎么样？

皮让夫人：

（拿着一把火鸡羽毛扇给自己扇风）感冒，又感冒了。我有时都觉得这个孩子活不到她戴上王冠的时候。

卡胡萨克：

那皇太子怎么样呀，陛下？

皮让夫人：

老样子，还是和年轻人一样，灯红酒绿呗。喝酒，赌博，瞎混。不过至少没什么危险。

卡胡萨克：

勃艮第公爵呢？

皮让夫人：

妈呀！这个小可怜，得了麦粒肿！

卡胡萨克：

咳咳！（关心地）是哪只眼睛？

皮让夫人：

左眼！

卡胡萨克：

咳咳！洛瑞安王子和巴里公爵怎么样？

皮让夫人：

他们俩还行，就是在摇篮里看起来不太高兴。我亲爱的管家，他们还在长第一颗牙呢。

卡胡萨克：

您丈夫怎么样？

皮让夫人：

（起身，来回踱步，又站定）从现在起，在讨论这些事情的时候，不要再提这个人了。您应该理解，他也就名义上是我丈夫而已，和我的实际生活已经毫无关系。他之前嘲笑我的出身和我的头衔，他就等着瞧吧……当然了咱们收集的这些证据我什么都没告诉他。他就是个无关紧要的人，也没必要知道。

卡胡萨克：

无关紧要，确实！

皮让夫人：

所以记住了，每次谈论“这些事情”的时候，不要再提他。

卡胡萨克：

夫人尽管放心。（温柔地，关切）您的身体如何，尊贵的陛下？

皮让夫人：

噢，很好，多谢关心，我感觉很棒。我之前身体很不怎么样，但自从知道了这个好消息，我就好得不能再好了，感谢上帝。

卡胡萨克：

（和之前一样，挑着眉）还请您谨慎行事，请您……我们都在期待着全新的生活到来……

皮让夫人：

放心吧，我亲爱的管家。法兰西所关心的，也是我所关心的。

卡胡萨克：

夫人，我每次一想到，很快就要公开您的头衔——我每次一想到，明年此时您就要享受到所有属于您的尊贵和荣耀，我就激动不已。

皮让夫人：

上帝的旨意，都是上帝的旨意。

卡胡萨克：

所有的事情里，最让我开心的还是看到尊贵的陛下您身体健康。我这里有一些不太好的消息要报告。

皮让夫人：

管家，你该不会是要告诉我，德国对我国宣战了吧？

卡胡萨克：

不是的，夫人。

皮让夫人：

你上个礼拜真是吓到我了，我肩上的担子这么沉重，都没法好好睡觉。我丈夫说我做梦的时候都在大喊："巴黎！我来了！"

卡胡萨克：

伟大的夫人！

皮让夫人：

"巴黎，我来了。"就像这样，我在梦里喊了两次"巴黎，我来了"。这段时间太焦虑了，我正要去教堂。这个俾斯麦根本就不了解我，我们必须尽全力阻止战争。卡胡萨克……你说有什么新消息？

卡胡萨克：

我眼下焦虑的是一些个人的事情。巴黎历史协会正在确认有关您身份的最后一些证据。他们的人正在整理所有档案：马德里，维也纳，君士坦丁堡……

皮让夫人：

君士坦丁堡！

卡胡萨克：

这些工作要花不少钱，历史协会也没什么钱。所以我们忍痛做出了一个决定，协会不得不出售一件皇家珠宝，或是一件我在这里收藏的皇室物品。协会写信给我，让我立刻给他们寄过去一样东西——皇家洗礼袍。

皮让夫人：

不行！

卡胡萨克：

查理大帝就是穿着这件礼服接受洗礼的，查尔斯、亨利、路易斯都是。它会被放到卢浮宫，保存在玻璃罩里。

（轻声）我感到十分痛心，因为我一直期待着——事实上这就是我毕生的梦想——我想看着您的孩子穿着这件满是百合花装饰的礼服接受洗礼。

皮让夫人：

它不能被送去卢浮宫，我不允许。

卡胡萨克：

我有什么办法呢？我说可以给他们权杖，给他们宝珠，我甚至说可以把您已经买下的那个杯子给他们。但是不行！他们说必须是洗礼袍。

皮让夫人：

洗礼袍不能离开美国！（抓起了自己的包）他们要多少钱？

卡胡萨克：

夫人，这是要给博物馆和纪念馆部门的，所以他们要价好几千法郎。

皮让夫人：

他们给自己的女王开价多少？

卡胡萨克：

（伤感地）夫人，夫人，我不能让您花钱去买本就属于您的东西。

皮让夫人：

我买了。我会卖掉圣塔安大道的房子。

卡胡萨克：

（轻声地）如果陛下愿意给出五百美金，我也拿出五百美金。

皮让夫人：

（受到震动）五百美金，五百美金……我的管家，一旦我登上王位，你会得到加倍的补偿。

（她想了想）明天三点，我会把房契的资料带给你。你要低调地处理这些事，等时机合适了再告诉我丈夫。

卡胡萨克：

明白，我会谨慎处理。

铃声响了，卡胡萨克走到门口，普昂特万小姐正要进来。

卡胡萨克：

稍等一下小姐，我和皮让夫人还有一些细节要讨论。

普昂特万小姐：

卡胡萨克先生，我不能等太久。

卡胡萨克：

您在公园里稍等几分钟，谢谢，小姐。

普昂特万小姐下。

皮让夫人：

卡胡萨克先生，这个可怜的女孩找律师做什么呢？她这么一个穷教师？

卡胡萨克：

（轻声地）普昂特万小姐在考虑立遗嘱的事情。

皮让夫人：

（满怀优越感地笑起来）三把椅子，一个破盘子。

（起身）明天三点……我现在要去教堂了，我还担负着巨大的责任，必须要让我自己，我的陆军、海军部队，国库都准备好，还有任命主教的事情。等我去世后，我亲爱的管家——

卡胡萨克：

夫人！

皮让夫人：

哦，没事！我总有一天要死的……等我去世后，我会和我的祖先们葬在一起，千万不要让后世这样议论……对了，我会葬在哪里？

卡胡萨克：

尊贵的陛下，应该是在圣丹尼斯教堂？

皮让夫人：

不在巴黎圣母院？

卡胡萨克：

不是的，夫人。

皮让夫人：

（思索着）不在圣母院，好吧。（振奋起来）船到桥头自然直。（伸出她的手）祝您早安，非常感谢你，我亲爱的管家。

卡胡萨克：

陛下最忠实的仆人，忠诚的臣民。

皮让夫人：

（优雅地走过门廊）为我们祈祷吧。

皮让夫人下。卡胡萨克走到门口，对普昂特万小姐鞠躬。

卡胡萨克：

小姐，您现在可以进来了。

普昂特万小姐走进屋里，这是一位身材高挑的老姑娘，此刻正是一肚子怒火。

普昂特万小姐：

卡胡萨克先生，这可真是新鲜了，你让我在广场上干等着，在这里和皮让夫人那种粗鄙的女人谈着你们那些龌龊的小生意。我屈尊来拜访你，朋友，你应该立刻马上接待我。不管我是不是法兰西女王、纳瓦拉和阿基坦的女王亨利埃塔，把我晾在这新奥尔良的郊外广场上，和一群保姆坐在一起不太合适吧。我现在一边在学校当老师一边隐藏自己的真实身份就已经很难了，还要在你这儿受欺负。身为查理曼大帝的后裔，难道就得不到一丝尊重吗?

卡胡萨克:

夫人……

普昂特万小姐:

还是说，你已经受够了和女王待在一起了?

卡胡萨克:

夫人……

普昂特万小姐：

你忙着处理法律问题，没关系！但你要知道，我就是法律。（坐了下来，将自己的裙子展平）你有什么要说的？

卡胡萨克：

（停顿了一下，紧闭着嘴唇，皱着眉头靠近她身边）尊贵的陛下，我收到一封来自法国的信，有一些不好的消息。

普昂特万小姐：

别！我已经买不起任何东西了！我已经买了权杖，买了宝珠。如果有必要，剩下的你就卖给卢浮宫吧。等我继位之后，我可以再买回来。

卡胡萨克：

哎呀！

普昂特万小姐：

你“哎呀”是什么意思？

卡胡萨克：

能否请尊贵的陛下屈尊亲自阅读一下这封信？

普昂特万小姐：

（将信展开，却仍然目视着前方，贵气地）他们没有面包吃了吗？那就吃蛋糕吧。（开始读信，受到震动，突然把信还给他）太长，太长了……信里说什么？

卡胡萨克：

信是历史协会写来的。协会仍然确信您就是大家一直在寻找的、法兰西王位合法的继承人。

普昂特万小姐：

确信？确信吗？但愿如此。

卡胡萨克：

不过要将这个事实公之于众，通过全世界的报纸，包括新奥尔良大大小小的报纸发布出来……

普昂特万小姐：

你说！

卡胡萨克：

要在众多敌意之下确立您的身份，要确立您的身份且不被人笑话……

普昂特万小姐：

笑话！

卡胡萨克：

还差一份小小的文件。小小的但很重要的文件。协会本来希望能在马德里的档案中找到它。可是夫人，不在那儿。

普昂特万小姐：

不在那儿？那在哪儿？

卡胡萨克：

尊贵的陛下，我们不知道。大家都很沮丧。

普昂特万小姐：

卡胡萨克，这简直是笑话。

她用手捂着嘴，盯着他看。

卡胡萨克：

有可能在君士坦丁堡，也有可能在维也纳。正常情况下，我们会继续寻找。可能要继续找几十年，如果需要，甚至几个世纪。但是我必须要说，这个消息令人非常沮丧。

普昂特万小姐：

几十年！几个世纪！卡胡萨克先生，我已经不是个小姑娘了。他们的来信已经说过无数遍了，我是王位的继承人。（哭起来，卡胡萨克先生小心翼翼地递来一杯水）谢谢。

卡胡萨克：

（突然间变换了语调，肯定的语气）夫人，协会的人怀疑，遗失的文件就在您自己手里。协会的人确信文件会在您的家族中一代一代传下来。

普昂特万小姐：

在我手里！

卡胡萨克：

（肯定的语气）夫人，您是不是自己藏了什么东西？

普昂特万小姐：

我为什么……没有。

卡胡萨克：

您是不是在耍我们，和我们玩猫抓老鼠的游戏？

普昂特万小姐：

我绝对没有。

卡胡萨克：

为什么文件不在马德里，不在君士坦丁堡，也不在维也纳？因为它就在您家里。您就生活在您父亲生前居住的房子里，不是吗？

普昂特万小姐：

是的。

卡胡萨克：

回去找。仔细检查每个旧箱子……

普昂特万小姐：

每个旧箱子！

卡胡萨克：

尤其要仔细检查那些缝隙。检查所有的桌子，仔细看看所有的连接处。说不定您会找到一个秘密抽屉或者秘密的板子。

普昂特万小姐：

卡胡萨克先生！

卡胡萨克：

检查一下所有的墙，检查一下地板，有可能藏在地板下面。

普昂特万小姐：

好，我现在就去。

卡胡萨克：

您还有您父亲的旧衣服吗？

普昂特万小姐：

有的。

卡胡萨克：

也可能会缝在衣服里面。

普昂特万小姐：

我会检查的。

卡胡萨克：

夫人，您父亲下葬的时候穿的是什么衣服？

普昂特万小姐：

穿的他最好的衣服。

被自己的想法震惊到了，她突然捂着嘴叫了起来，他们互相看了看对方。

卡胡萨克：

一定要仔细检查所有的楼梯，这种文件经常会在楼梯里面被发现。您会找到的，如果文件不在马德里，它一定就在这儿。

普昂特万小姐：

可是，我要是找不到呢！（坐下来，突然泄了气）不会有人知道我就是法兰西女王。（停顿）我很害怕，卡胡萨克先生，我害怕在我的四个房间里永远都没法找到这份文件。我对每个角落都很熟悉，但我会去找的。

（把手放在自己的额头上，就像刚从一个梦中醒过来）太奇怪了，卡胡萨克先生，我觉得是哪里出了问题。当这个事情在持续时，一切都很美好，甚至教书也成了愉快的事情，先生……还有我的回忆录，我的回忆录刚刚写到您告诉我那个好消息之前，匿名记录了我的童年，那个路易斯安那的小姑娘，还不知道之后要发生的这么好的事。在我离开之前，可以找您要一样东西吗？您能否让历史协会写封信给我，说他们严肃地认定我就是……他们要找的……那个人？我想把信和权杖、宝珠一起收藏在箱子里。我越想这件事情，就越觉得是哪里出了问题。

卡胡萨克：

您要的信就在这里，夫人。

把信给她。

普昂特万小姐：

谢谢。卡胡萨克先生，我还想请您帮个忙可以吗？

卡胡萨克：

当然了，夫人。

普昂特万小姐：

请您，不要对新奥尔良的任何人，提起这件事情。

卡胡萨克：

夫人，除非您想说出来，我不会再提。

普昂特万小姐：

祝您早安——早安，谢谢。

她用手帕遮着一只眼睛，走了出去。卡胡萨克走到办公桌前。铃声响起，芦苇门帘被掀开，一个黑人男孩推着轮椅进来，轮椅上坐着一位年纪很大的老太太。她用披肩裹着自己，像个木乃伊。她头上戴着头巾，鼻梁上架着一副绿色眼镜。“木乃伊”伸出她的手，卡胡萨克先生忠诚地亲吻着她的手，低声说着“尊贵的陛下”。

——剧终——

（黄七阳译）

希亚瓦萨号列车

Pullman Car Hiawatha

人物

舞台监督

三号包厢——一个疯女人，丘吉尔夫人

男性乘客，摩根先生

女性乘客，一名有经验的护士

二号包厢——菲利普·米尔布里

一号包厢——哈瑞特·米尔布里，菲利普的年轻太太

一号下铺——一个少女

三号下铺——一名中年医生

五号下铺——一个肥胖却可亲的女人

七号下铺——一名工程师，比尔，准备前往加利福尼亚

九号下铺——一名工程师，弗雷德

乘务员——哈里森

俄亥俄州格洛佛角——形象是一个满脸笑容的男孩

田野——形象是一个穿衬衫的人

一个流浪汉

俄亥俄州帕克斯堡——形象是一个农民的妻子和三个年轻人

一个工人——克鲁格先生，鬼魂

另一个工人——看守

天气——形象是一名机械工程师

时间——十点，十一点，十二点（形象是三个漂亮女人）

星球——土星，金星，木星，地球

大天使——加百列，米迦勒

场景

一辆从纽约开往芝加哥的卧铺列车,

1930 年 12 月。

舞台后方是一处类似阳台或吊桥、逃生梯的地方，向两侧延展至观众视线之外。两段楼梯自上方延伸到舞台，没有其他额外的布景。

幕启，舞台监督正用粉笔在脚灯附近的地板上画线。

舞台监督：

这是一辆卧铺列车的布局，这趟车名叫希亚瓦萨号，12 月 21 日，正从纽约开往芝加哥。你们的左手边是三个包厢，这边是过道和五个下铺床位。卧铺已经满员，上铺下铺都有人，不过在这出戏里，我们只聚焦于稍远处这一侧的下铺。现在是九点半，几个铺位都已经收拾妥当，大部分乘客都躺在绿色帘子后面的小床上。他们正在脱了鞋往地上扔，要么是在费劲地脱着裤子，或是正在琢磨着，把贵重物品藏在枕头里晚上会不会掉出来。好啦！大家都上来吧！

演员们搬着椅子上场。他们将两张椅子对着摆放在粉笔划定的区域，代表自己的铺位。他们侧身坐着，将脚搭在另一把椅子上，躺下就可以睡觉。包厢内的乘客姿势也是一样。从左到右我们依次看到：三号包厢，二号包厢，一号包厢，一号下铺，三号下铺，五号下铺，七号下铺，九号下铺。

一号下铺：

乘务员，记得六点一刻叫我起来。

乘务员：

好的，女士。

一号下铺：

我肯定也睡不着，不过六点一刻还是叫我一下。

乘务员：

好的，女士。

七号下铺：

（从帘子后面伸出头）哎！乘务员！哎！你这个灯到底怎么打开啊？

乘务员：

（有些烦躁）估计坏了，唉。你只能用另外一头的。

舞台监督：

（用假嗓子扮演一位上铺的女士）我想问一下，车上有没有好心人能给我一点阿司匹林？

乘务员：

（忙碌地来回奔走）好的，女士。

九号下铺：

（其中一名工程师从过道下来直接就去了五号下铺）对不起，女士，对不起。走错了。

五号下铺：

（嘟囔）这辈子都没见过这种事儿！

一号下铺：

（小声地）乘务员！乘务员！

乘务员：

你好，女士。

一号下铺：

我的热水袋在漏水，你得把它弄走。今晚上我没有热水袋用了，真惨。

五号下铺：

（对上铺的乘客厉声说）小伙子，你别那么多事行吗？不然我就要去列车长那儿投诉了。

舞台监督：

（扮演五号上铺）对不起，女士。我真不是故意的，我的背带掉下去了，我就是想把它们拉上来。

五号下铺：

来，给你。赶紧睡觉吧。感觉今晚上所有人都在往我这儿来。（把头伸出去）乘务员！乘务员！发发善心帮我拿杯水行吗？我口干得厉害。

九号下铺：

比尔！

没有人回应。

比尔！

七号下铺：

哈？你要啥？

九号下铺：

给我递本杂志行吗？

七号下铺：

你要哪本？

九号下铺：

都行，《侦探故事集》吧。都可以。

七号下铺：

弗雷德，我正看着《侦探故事集》呢，有个故事看到一半。

九号下铺：

行吧，那我看《西部冒险》——谢了。

舞台监督：

（对演员们）好了！嘘！嘘！嘘！（对观众）现在，我要让大家听听他们在想什么。

片刻停顿后，演员们纷纷开始低语，发出轻柔的沙沙声响。观众会逐一听到每个人的独白。

五号下铺：

（五十岁的女人）我想想，给小宝贝的玩偶，给玛丽耶塔的鞋子，给赫伯特的钢笔。还有给乔治订阅《时代周刊》……

七号下铺：

（比尔）我的天！莉莉安，如果你和我想象的不一样，我真不知道该怎么办了。告诉一个女人你专门跑到加利福尼亚去见她，大概不是一个明智的做法。我还是编个故事好了，就说我是去出差什么的。以前我有为了什么人这么激动这么纠结过吗？好吧，玛莎算一个，但那次不一样。我还是看看书吧，不然我该疯了。“你怎么知道访客离开的时候是十点钟？”侦探问道。“因为十点钟的时候，”女孩回答，“我会去关储藏室和走廊的灯。我下楼的时候听见先生在门口和什么人在聊天，我听见他说‘晚安……’”妈呀，我根本没在看书，我满脑子都是莉莉安。她的黄色头发，她的眼睛！

三号下铺：

医生正在给自己朗读着医学期刊上那些令人毛骨悚然的文章，时不时地停顿一下，发出一声充满质疑的“所以呢？”。

一号下铺：

（少女）今天晚上我是睡不着了，最好现在就意识到这个问题。真不知道那个漏水的热水袋应该放到哪儿。我现在就靠着床右边躺好，深呼吸，想一些美好的事情，说不定我能打一会盹儿。

九号下铺：

（弗雷德）那是我干过的最疯狂的事情，直接让我的人生倒退三年。如果我就待在这里，可能已经攒了三万美金了。我有什么资格和苏联人签合同？见了鬼了，我还觉得挺有意思。有意思，真是见鬼！直接倒退了三年。我都不知道公司还会不会要我。我太嫩了，真的。我就是还没长大。

舞台监督大步走向他们，一边举着手喊道“嘘”，大家停止了低语。

舞台监督：

可以了——稍等，乘务员！

乘务员：

（出现在左侧）来了先生！

舞台监督：

轮到你了。

乘务员很害羞。

你不想表达吗？你有权利表达。

乘务员：

（想要表达自己的想法，又很害羞，十分纠结）

啊，啊，我就是在想我在芝加哥的家还有……

我的保险。

舞台监督：

就是这样。

乘务员：

谢谢……谢谢您。

乘务员悄悄走开，突然的自我意识让他很激动，脸红得厉害。

舞台监督：

（对观众）这是个好小伙。哈里森是个好小伙子，就是害羞。（对演员们）现在，该包厢的各位了。

卧铺区域光变暗。菲利普正站在他的包厢和妻子包厢的连接门处。

菲利普：

我的天使，你还好吗？

哈瑞特：

还好。不知道晚饭的时候我到底怎么了。

菲利普：

需要我把门关上吗？

哈瑞特：

你看能不能用一把椅子顶着门，这样它能半开着，而且不会来回撞着响。

菲利普：

好了。晚安，我的天使。你要是睡不着就叫我，我们可以起来打牌。

哈瑞特：

你肯定是想到了那段糟糕的日子，咱们有一个礼拜，每天晚上都那么坐着……不过我知道我今晚该好好睡。车轮子的声音听起来甚至有些悦耳，有回家的感觉。我们到哪个州了？

菲利普：

我们正在穿过俄亥俄，马上就要到印第安纳了。

哈瑞特：

我知道，那儿的小镇到处都有骑马墩。

菲利普：

我们一早就到芝加哥了。你踏踏实实睡觉，到时候我会叫你。

哈瑞特：

踏踏实实睡，亲爱的。

菲利普回到自己的包厢。三号包厢里，男性乘客让自己的椅背斜靠着墙，正在抽烟。那位有经验的护士正在缝袜子，疯女人将额头顶在窗户上，正好直视着观众的方向。

疯女人：

（拖沓而抱怨的语气，但又充满不确定）别带我走。别带我走。

女性乘客：

亲爱的，你要不要躺一会儿？

疯女人：

我想下车，我想回纽约。

女性乘客：

要不要我再给你梳梳头？多舒服啊。

疯女人：

（走到门口）我要下车，我要开门。

女性乘客：

（握住她的一只手）太大声了！你这样会把所有

人都吵醒的。过来，我给你讲个故事，关于我们这趟旅程的目的地。

疯女人：

我不想到那儿去。

女性乘客：

那里很不错！到处都是草地和花园，我从来没见过那么好的地方，真的很好。

疯女人：

（躺在床上）有玫瑰花吗？

女性乘客：

当然了！红的黄的白的，到处都有。

男性乘客：

（短暂的停顿后）应该到克利夫兰了。

女性乘客：

我之前有个病人在克利夫兰。糖尿病。

男性乘客：

（又是一个短暂的停顿）真希望我现在有一台收音机，听听广播对他们有好处。我以前有个病人，一秒钟都离不开收音机。

女性乘客：

收音机是好东西。我那个结了婚的侄子有一台，他也总是放广播，感觉很不错。

疯女人：

（半起身）我长得不漂亮。我不像她那么漂亮。

女性乘客：

噢，我觉得你漂亮！漂亮——摩根先生，你不觉得丘吉尔夫人很漂亮吗？

男性乘客：

噢，很好看的！您像个电影明星，丘吉尔夫人。

疯女人疑惑地看看他们，又躺了下去。哈瑞特小声呻吟着，闷声咳了一下。她伸手摸索，按了响铃。乘务员来敲门。

哈瑞特：

（低声细语）请进。请先把通往我先生房间的门关上。轻点，轻一点。

乘务员：

（伤感地）好的，女士。

哈瑞特：

乘务员，我不太舒服。我病了，需要看医生。

乘务员：

怎么了，女士，可这儿没有医生……

哈瑞特：

有的，我刚才吃过晚餐出来的时候，看到那边有个男人，他在看医学杂志。你去叫他一下。

乘务员：

（十分惊讶）女士，我不能去把别人叫醒。

哈瑞特：

你可以，乘务员。乘务员先生，咱们别争了，我病得很厉害，是我的心脏。去把他叫起来，跟他说我心脏有问题。

乘务员：

好的，女士。

他走过过道，开始摇晃三号下铺的肩膀。

三号下铺：

哎，哎，怎么了？到站了？（乘务员对他小声说话）我马上过来——乘务员，是年轻人还是老人？

乘务员：

不知道，先生。我觉得像是有点老，嗯，也不算太老。

三号下铺：

你跟她说我马上就到，让她安静地躺着。

乘务员走进哈瑞特的包厢，她已经把头转了过去。

乘务员：

女士，他马上就到。他让您安静地躺着。

三号下铺跟跄着走过过道，一边嘟囔着："妈的，都是鞋！”

某人的声音：

这辆车能不能安静一会儿？

九号下铺：

（弗雷德）哦，闭上你的嘴！

三号下铺：

（医生绕过乘务员，走进哈瑞特的包厢。他凑到她身边，整个人把她挡了起来）乘务员，她死了。车上有人和她是一起的吗？

乘务员：

有的，先生。她丈夫就在这儿。

三号下铺：

蠢货！你刚才怎么不叫他？我进去跟他说吧。

舞台监督走上前。

舞台监督：

好了，关于车厢内就看这么多，目前来说已经够了。现在该从地理上、气候上、天文学上、神学上来了解下我们所处的位置。希亚瓦萨号列车，10点10分，1930年12月21日，好的。（后方高台上出现了一些身影）不不，还没到星球出场的时候呢，时间也不该出场。

他们退场。

舞台监督拍拍手，一个穿着工作裤、满脸笑容的小男孩从左侧卧铺后面上场。

俄亥俄州格洛佛角：

（口音傻愣愣的，就像是在学校周末活动中背诵文章）我表演的是俄亥俄州格洛佛角，这里有821人。"最坏的人也有很多好处，最好的人也有很多坏处，我们最好不要说人长短。”[1]——罗伯特·路易斯·斯蒂文森。谢谢。

他笑着从右边下场。从刚刚同一方向，一个穿衬衫的人上场，这是一片田野。

田野：

我表演的是田野，就是你们从俄亥俄格洛佛角到俄亥俄帕克斯堡经过的这片地方。在这片土地上，有 51 只金花鼠，206 只田鼠，6 条蛇，几百万只小虫子、昆虫、蚂蚁和蜘蛛。它们都在冬眠。“有什么能如六月的一天一样珍稀？如果有一天，完美的日子会到来。”——《郎法尔爵士的异象》，威廉·库伦——我想说的是詹

1 这句话的出处说法不一，《牛津引言辞典》（*The Oxford Dictionary of Quotations*）将这句话归在前堪萨斯州州长爱德华·沃利斯·霍克（Edward Wallis Hoch）名下，同时也注明“也有归在其他人名下的说法”。另外也有说法其作者为历史学家詹姆斯·特拉斯洛·亚当斯（James Truslow Adams）。怀尔德并非第一个将这句话归在斯蒂文森名下的人，这一说法在那之前就存在。——编者注（本书注释均为编者注）

姆斯·罗素·洛威尔。谢谢。

田野下场，流浪汉上场。

流浪汉：

我想说一下，我是个流浪汉，一直跟着这趟车，希亚瓦萨号，所以我也应该出个场。我从纽约罗切斯特出发，要去伊利诺伊的朱丽叶特。很多很多人组成了这个世界。“去往曼德勒的路上，飞鱼嬉戏，黎明的曙光如雷鸣般，在海湾那边的中国升起。”——弗兰克·W.瑟维斯[1]。感觉有点冷啊。谢谢。

流浪汉下场，一个温柔的农妇带着三个纤瘦的年轻人上场。

---

1 实际上是出自吉卜林（Rudyard Kipling）的诗《曼德勒》（*Mandalay*）。

俄亥俄州帕克斯堡：

我表演的是俄亥俄州帕克斯堡。这里有 2604 人。我曾亲眼见证酒精是如何带来毁灭的，希望在这个美丽的国家，不再有人沾染到哪怕一滴诅咒。（起了个节奏，大家都摇摆着唱了起来）“扔出救生索！快扔出救生索！有人今日正在沉沦……”

舞台监督顺势摆摆手，让他们下场。一个工人上场。

工人：

Ich bin der Arbeiter der hier sein Leben verlor. Bei der Sprengung für diese Brücke über die Sie in dem Moment fahren ——（火车头发出呜呜声响，列车正在跨越栈桥）—— erschlug mich ein Felsblock. Ich spiele jetzt als Geist in diesem Stück mit. “Vor sieben und achtzig Jahren haben unsere Väter auf diesem Kontinent eine neue Nation hervorgebracht … ”

舞台监督：

（向观众解释）抱歉，他说的是德语。他说，他是一个鬼魂，死在修筑栈桥的过程中，就是希亚瓦萨号列车正经过的这座桥。

火车又发出呜呜声响。

所以他想在这部剧中亮个相。他是在爆破的时候被一块大石头砸中的。他的座右铭大家应该听过：“六十七年前，我们的先辈们在这片大陆上创立了一个新国家……”[1]就是这些。谢谢你，克鲁格先生。

鬼魂下场，另一个工人上场。

---

1 改写自林肯在葛底斯堡的演讲的开头。

另一个工人：

我是俄亥俄州帕克斯堡附近一座塔楼的看守。我就是想说一下，我还醒着，看到这趟列车途中信号一切正常。希望大家旅途愉快。“假如你能保持冷静，即使众人都失去理智并且归咎于你…… ”——鲁德亚德·吉卜林。谢谢。

下场。舞台监督走上前。

舞台监督：

好了，这部分也差不多了。该轮到天气了。

一名机械工程师上场。

机械工程师：

现在是 11 摄氏度，北风转西北风，风速 57。一股低气压正由萨斯喀彻温向东海岸移动。明日天气寒冷，中西部各州和纽约北部会有降雪。

下场。

舞台监督：

好的，该轮到时间们了。（向观众解释）分钟是说闲话的人，小时是哲学家，年份都是神学家。小时中有一个例外——十二点钟也是一位神学家。准备好，十点钟！

时间们的表演者都是美丽的女孩，打扮得好像以利·维达的画作《阿特拉斯的七个女儿》[1]中一样。每个女孩都手拿金色的罗马数字，她们在后方的高台上，从右向左缓缓穿行而过。

舞台监督：

十点钟，你在干什么？亚里士多德？

1 Elihu Vedder（1836–1923），美国画家、图书插画家、诗人。《阿特拉斯的七个女儿》描绘的对象来自古希腊神话。

十点：

不对，华士本先生，我是柏拉图。

舞台监督：

好——“您难道不相信，这样……”

十点：

“难道不相信，他这样把美视作唯一可被看见的事物，是非常可贵的？因为他所看到的不是影子，而是真实……”

她继续低语着自己的篇章，十一点上场。

十一点：

“我，爱比克泰德，一个糟老头子，除了赞美上帝，还能做些什么呢？如果我是一只夜莺，就会像夜莺一样歌唱。如果我是一只天鹅，就会像天鹅一样高歌。而我只是理性的造物……”

她的声音渐小，成了低语。十二点上场。

舞台监督：

好——十二点，你呢？

十二点：

奥古斯丁和他的母亲。

舞台监督：

那么——“我们说：如果肉身的躁动安静了……”

十二点：

“我们说：如果肉身的躁动安静了，地球、水、空气的样子也安静了……”

舞台监督：

快一点——“天国的地极也安静了。”

十二点：

“是的，灵魂也安静了。”

舞台监督：

大点声，福斯特小姐。

十二点：

（声音大了一些）“梦与想象中的启示也会安静……”

舞台监督：

（挥手示意她们下场）好了，好了。该轮到星球了。1930 年 12 月 21 日。

时间们放松下来，退回到右侧的更衣室。星球们出现在高台上，有些人站在楼梯上。他们没有台词，但是会发出声音。有人是脉搏跳动的声音，有人是敲击的声音，有人用口哨从低到高再从高到低吹着音阶。土星的声音缓慢而单调，在两个低音上来回重复。

舞台监督：

土星，大点声。金星，声音再高点。好的，该木星了。地球。（转身面向火车上的铺位）来吧，各位。这是地球的声音。

小镇、工人，还有其他人都出现在舞台边缘。乘客们开始低语，发出他们“思考的声音”。

来，格洛佛角，帕克斯堡，你们都有份。看守，流浪汉，这是地球的声音。

他像一个乐团的指挥一样指挥着大家。小镇和工人都在念着自己的座右铭。疯女人突然激动得哭了起来。她起身，向舞台监督挥着手。

疯女人：

使用我吧，让我做些什么。

舞台监督快步走向她，对她低语几句，将她交给后面的监护人，她并没有得到安慰。

舞台监督：

嘘！嘘嘘！大天使来了。（对观众）现在我们可以从神学视角来看看希亚瓦萨号列车了。

小镇和工人们都下场了。星球们也已经退场，仍然能听到微弱的音乐声。两个穿着蓝色套装的年轻人从高台上出现，沿着右边的楼梯走下来。他们经过乘客身边，乘客们正在自己的梦中低语。

加百列让米迦勒看看比尔，比尔正挑着眉露出笑容。他们在五号下铺停住了脚步，米迦勒发出"嗯——嗯"式的赞同声音。

角色们在睡梦中的言论并非全部清晰易懂，会被他们的叹息、呻吟或低语淹没，但我们隐约能听到一些。

九号下铺：

（大声地）有些人比另一些人动作更慢，仅此而已。

七号下铺：

（比尔）你知道，这不是玩笑，我会努力的。

五号下铺：

（买圣诞礼物的女士，语速很快）你们肯定知道，我都给你们准备好了，年年都是如此。

一号下铺：

我可以教别人缝纫，我会缝东西。

他们来到哈瑞特的包厢，疯女人坐了起来，对他们讲话。

疯女人：

是我吗？

大天使们摇摇头。

我在这里干等着有什么用处呢？我对一切心怀感恩，我对自己变得比从前更好而感恩。那些过去的事，那些可怕的事，已经不再纠缠我了。我的思想中，那些重担已经卸下了——但是不再有人能理解我了。我完全能够理解我自己，但是我说什么别人都听不懂——我还要等待？

大天使们微笑着点头。他们无可奈何地微笑，表明这是一个决定。

疯女人：

（继续说着）好吧，你们来决定，我会尽我的力。只是人们都太幼稚、太荒唐了。他们毫无逻辑，很疯狂，像小孩儿一样，他们从没经受过苦难。

她重回睡梦之中。大天使们站在哈瑞特身旁。医生刚把菲利普带到另一个包厢，正在认真地跟他小声讲话。哈瑞特面朝着墙壁，她微微转过头，面对着车顶开始说话。

哈瑞特：

我在那儿不会快乐的，让我就这样死在这里吧。我属于这里，我就待在我的小房子旁边，待在菲利普身边就很好。你知道的，我在那儿不会快乐的。

加百列靠近她对她说话，一个短暂的停顿，她突然激动得哭了起来。

我没有脸面去那儿，我什么都不曾做过，我这一生全都虚度了。我脾气暴躁，性格阴郁，什么都不懂，我没资格踏进那里一步。

大天使们再次对她低语。

怎么可能就这样宽恕我呢，我不该这么轻易就得到宽恕。我希望得到惩罚，除非我得到足够的惩罚，我哪里都不去。我想要彻底地解脱——在受到惩罚之后，我想做一个全新的人。

大天使们对她低声说话时，她的双脚慢慢踩在地上。

没有人可以为我受罚，我想自己去面对，我不想任何人为我受罚……

他们对她说话，她坐在那里盯着自己的鞋，努力地思考着。

这不公平，我应该自己去受苦——如果我可以承受那么重的痛苦。（她微笑了起来）噢，我真的不配！你们知道的，我只是个愚蠢的人，我只是一个普通的人——可现在这么美好的事情要来临了。你们真的要让我去？你们真的想要我去？

他们牵着她走过列车的过道。

哈瑞特：

把这辆车的人都带上吧。这里面有很多好人。我们能一起去吗？你找不到比菲利普更好的人了。求求你们，带我们一起走。

他们走到楼梯旁，大天使们搭着手，让哈瑞特能够靠在他们身上，慢慢走上楼梯。她听起来像在歌唱，又像在含糊不清说着什么。

哈瑞特：

多么高，多么远啊，我的心脏很脆弱，我不应该爬楼梯的。“我不需要看遥远的风景，多走一步就够了。”这里好像瑞士。我无法控制我自己不停地说话——让我停一下脚步，我想要告别。

（*在大天使的臂弯里转过身*）就一分钟，我想靠在你的肩上哭一会儿。

（*将前额埋在加百列的肩上，转而笑得温柔而绵长*）再见了菲利普——我真希望他没有娶我，但他娶了，他就像你们一样信任我。再见了，伊利诺伊州奥克斯伯里，里奇伍德大道 1312 号，希望我会永远记得那里的楼梯、房门和墙纸。再见了，弗布什街和维尔利街街角的艾莫森语法学校。再见了，我的英语老师沃克小姐和克莱默小姐，我的生物老师马修森小姐。再见了，梅耶森大道第六街转角的公理会教堂，麦克莱迪博士、麦克莱迪夫人、茱莉亚。再见了，爸爸妈妈……

她转过身。

哈瑞特：

我不想再说再见了。我从没这样说过话。我长得不好看，也不太敢和别人说话。直到菲利普出现。我明白了，我明白了，我现在全都明白了。

舞台监督走上前来。

舞台监督：

（对演员们）好了，好了——现在让我们看看整个世界，整个太阳系。

全体演员都出现在舞台边上，舞台监督拍拍手。

整个太阳系。流浪汉呢？月亮去哪儿了？

他脚踏了两下地面，像是乐团的指挥要让大家集中注意力，随即举起了他的手。人类低声诉说着他们脑中的想法，时间们在发表演说，星球们在合唱或者低吟。哈瑞特的声音最终盖过了所有人，她说。

哈瑞特：

“向来未曾如此虚心求主，导我前行，从前骄痴无忌，旧事乞莫重提。”

舞台监督摆摆手让他们下场。

舞台监督：

很好。现在请大家离开舞台。我们已经到了芝加哥南部的恩格伍德站了，看见学校的塔楼了吗？比其他地方的都壮观。

一号下铺：

（少女音）乘务员，你答应过六点一刻叫我起来的。

乘务员：

抱歉女士，昨晚发生了一些糟糕的事情，有一位女士病得很厉害。

一号下铺：

噢，她好点了吗？

乘务员：

没呢，一点也不好。

五号下铺：

小伙子，把你的脚从我脸前面拿开。

舞台监督：

（如前，扮演五号上铺）抱歉啊，女士，我滑了一下——

五号下铺：

（发牢骚，但没有很不愉快）要我说，这趟旅途就是侵犯他人行为的连续剧。

舞台监督：

就一下下，女士，我马上就离开您的视线。

五号下铺：

都没有人帮你缝一缝你的袜子吗？你就这样出门不觉得丢人吗？

舞台监督：

抱歉了，女士。

五号下铺：

你这样实在是不适合结婚。这才是你最大的问题。

九号下铺：

比尔！比尔！

七号下铺：

啥？你要啥？

九号下铺：

比尔，一般这种列车，要给乘务员多少小费呀？我都好久没回国了……

七号下铺：

妈呀，弗雷德，我也不知道啊。

乘务员：

芝加哥！芝加哥到了！请大家下车！这列列车已经抵达终点站。

乘客们拥挤着下了车。一群带着拖布水桶的老太太上场，准备打扫车厢。

——剧终——

（黄七阳译）

爱与解脱

Love and How to Cure It

人物

琳达——舞蹈演员，十六岁

乔伊·韦斯顿——喜剧演员

罗维娜·斯托克——喜剧演员，歌手，琳达的姨妈

亚瑟·瓦尔伯顿——琳达的追求者

场景

1895 年 4 月，

伦敦苏荷区蒂沃利音乐厅的舞台。

黑暗的舞台，只有左前方的燃气炉和右后方桌子上的一盏油灯发出亮光。

荒凉，漆黑，又脏又冷。

琳达穿着白色芭蕾舞裙，正在进行舞步和屈膝练习。这是一个美丽、冷漠、孤僻，甚至有些忧郁的女孩，刚刚十六岁。

远处的桌边坐着乔伊，一位体格健壮的喜剧演员。还有罗维娜，一位成熟的夫人。乔伊正在大声读着一份戏剧体育周刊，罗维娜在缝袜子。他们聊天时，夸张的优雅姿态也无法完全掩盖满口的伦敦土话。一段时间的沉默，只有偶尔的读书声和琳达练习时小声数数的声音。

罗维娜：

（叫琳达）**他们取消排练了，听我的。现在都八点半了，他们肯定已经通知其他人了。要么就是咱们自己记错日子了——继续，乔伊。**

乔伊继续读了几分钟，罗维娜又说话了。

罗维娜：

琳达，报纸上说马乔里-菲茨莫里斯订婚了。莫斯在福克斯通、布莱顿和码头区组织了一大伙人，跟阿里巴巴和四十大盗似的，她这次一定会更好。你应该休息一下，亲爱的，你会累坏的——继续读，乔伊，真是好孩子。

琳达：

（认真地用趾尖画了一个齐腰的弧度）九点了，我听到钟声了。

乔伊已经读完报纸，他伸个懒腰，打了个哈欠。罗维娜放下手中的活儿，拿起凳子搬到脚灯前，开始认真地监督起琳达的动作来。

罗维娜：

一、二、三，一、二、三。孩子，你的手在干吗？安杰莱利夫人可不是这样教你的。向后弯，就好像你突然发现了一朵花。这就对了。喔喔！就是这样——你今天晚上已经练得足够了。如果你还要继续，到膝盖的高度就行了。（她打了个哈欠，拍了拍自己的嘴）排练取消了，咱们还是回家吧，就不该来。

琳达：

（接近倒立姿势）不，不，我不想回家。而且我饿了。让乔伊去路口买点鱼和薯条吧。

罗维娜：

天哪，没见过你这么能吃的小家伙。我这儿有两条腌鱼，本来是打算当早饭吃的。（大喊）乔伊，楼下的炉子还在吗？

乔伊：

在。

罗维娜：

（对琳达）好了！我们可以来一顿小小的晚餐，叫上乔伊一起。我的包里还有一些茶，你觉得如何，亲爱的？

琳达：

好棒。

罗维娜：

乔伊，你想在舞台上吃点晚餐吗？有腌鱼，有茶，都是好东西。

乔伊：

好哇！我饿得连骨头都能一起吃了。对了，我来给你们做饭。要是找人做腌鱼，最好就来找乔伊。

罗维娜：

（想了一下）你应该把这句写进歌里。让他做饭怎么样，琳达?

琳达：

好啊，就让他做吧。

乔伊：

我到隔壁去一趟，去要一勺黄油。

罗维娜：

这儿有六便士，去买点牛奶来配茶。你出去的时候烧点水，我马上下来泡茶。

乔伊：

亲爱的们，我马上就回来。

他匆忙下场，停顿。琳达停止了练习，正在认真地检查她每只鞋的鞋底。

罗维娜：

乔伊应该已经做过无数次腌鱼了。他妻子生病的后几年，都是他来做吃的。善良的老乔伊！妻子去世后他整个人都变了。他希望我能经常聊聊他的妻子，但是他在聊天的时候从不会主动提起。亨丽埃塔·杜·沃克斯是个好人，但我不能总是一直聊她。（停顿）琳达，你在想什么呢？

琳达：

没什么。

罗维娜：

别说“没什么”，来，跟姨妈讲讲，你心里这会儿在想什么呢？

琳达：

（冷漠地）就是没什么——除了我随时会被人枪杀。

罗维娜：

亲爱的，不要瞎说。没人会对你开枪，你应该为自己说出这些话而羞愧。

琳达：

（轻蔑地指着门口）他这会儿就在街上等着我呢。

罗维娜：

怎么回事，他不是已经回学校了吗？他是个学生，学校不会让他想来伦敦就来伦敦。

琳达：

噢，我不在乎。让他杀了我吧，我不想再看见他了。他干的那些事，真的——他还混进安杰莱利夫人的晚宴。他应该待在他的世界里。

罗维娜：

我现在就去街上看看他在不在。他尾随一个可怜的小女孩，我可以让警察来抓他。他叫什么名字？

琳达：

亚瑟·瓦尔伯顿。我跟您说，我不在乎让他杀了我。

罗维娜：

（尖声地）我不准你说这样的话！也不准你这么想！如果他在外面，乔伊会去找他然后我要和他聊聊。你上次见他是什么时候？

琳达：

星期天，我们在里士满喝了茶，然后去划了船。

罗维娜：

你让他吻你了吗？

琳达：

我们划到一片柳树下面的时候，我让他亲了我一下。然后他一直在那儿急吼吼地说话，我就没让他再亲我，我也越来越不喜欢他。坐公共汽车回来的路上，我一直没理他，只是看着大街上的人，回答说好或者不行。然后我跟他说，这个星期我很忙，没空跟他见面。我不想再见到他。罗维娜姨妈，他特别激动。

罗维娜：

他看起来不像是个粗鲁下流的人。

琳达：

他不粗鲁也不下流。他就是……很痛苦。

罗维娜：

我懂。

琳达：

罗维娜姨妈，有没有什么方法能让一个人不再爱你。爱可以治好吗?

罗维娜没有回答，她沉思着走回角落的桌子旁。

罗维娜：

帮我一把，好吗?搬一下桌子。我们把它移到煤气炉旁边。我应该下楼看看乔伊弄得怎么样了。

两人往前搬桌子。

亲爱的，你为什么要这样说？你为什么会觉得他要开枪杀了你？

琳达：

他看起来很……很疯狂，他还说我不应该活着，他说我要是不嫁给他……

罗维娜：

嫁给他！他让你嫁给他？琳达，我的乖乖，你之前怎么不把这些事情告诉我，亲爱的，你怎么什么都不说呢？

琳达：

我没觉得这是个秘密。我不想嫁给他。

罗维娜：

（大拇指滑过自己的牙齿，盯着琳达）你想想，关于枪击，他都说了什么。

琳达：

他站在门口告别，我一直在摆弄手里的钥匙，暗示他我迫不及待想分手了。他说他满脑子都是我——他不能没有我之类的。然后他问我是不是爱上别人了，我说没有。他又问起是不是安杰莱利夫人晚宴上的那个意大利人，我说不是，永远都不可能，他说的是马里奥。然后他开始哭，哭得很厉害——像是在嫉妒马里奥。

罗维娜：

我会好好教育一下这个年轻人，教育他一下。

琳达：

然后他开始浑身发抖，抓着我的衣服喊：像我这样的人不应该活着，我这样漂亮却无情的人不应该存在。（踮起脚站了起来，伸出双臂，踏着小碎步飘远。她走到舞台后方，嘲讽地说着）我不应该活着，他说。我不应该活着。

停顿。

罗维娜：

有人在敲下面临街的门。乔伊肯定把门锁上了。

琳达：

是亚瑟。

罗维娜：

别傻了。

琳达：

我知道肯定是他。

乔伊在舞台后方出现。

乔伊：

琳达，有一位先生说想见你。他说他叫瓦尔

伯顿。

琳达：

让他上来吧。

乔伊：

腌鱼快做好了，罗维娜，水也烧开了。这位客人怎么办？

罗维娜：

亲爱的，你听着，我想再见见这个亚瑟。你要客客气气地请他和我们一起用餐。

琳达：

噢，罗维娜姨妈，我可吃不下！

罗维娜：

我说认真的，琳达，认真的。你去邀请他吃晚餐，然后让他去街角买点啤酒。与此同时我找机会告诉乔伊，我们得看着他。

琳达：

我不在乎他是不是要向我开枪。没什么大不了。

舞台后方的阴影处，亚瑟登场。他戴着歌剧院帽子，穿着披风，看起来十分可怜。对于琳达的冷漠他又是期待又是害怕，但仍旧希望能有奇迹发生改变她的心意。

亚瑟：

（试探地）晚上好，琳达。

琳达：

你好，亚瑟。亚瑟，来见见我的姨妈，罗维娜·斯托克夫人。

亚瑟：

很荣幸见到您，斯托克夫人。希望我没有打扰到你们。我就是刚好路过然后想……

他的声音越来越小。

罗维娜：

瓦尔伯顿先生，我们以为参演的默剧今晚要排练呢，结果没人来，好像是我们记错了时间。琳达刚刚正在练习舞步，对吗，宝贝？

琳达：

（死板地）亚瑟，我们正要吃晚餐，希望邀请你一起来。就是一些腌鱼，还有茶。

亚瑟：

你们真是太好了。我刚吃了晚饭，不过希望您不介意我坐在您旁边，斯托克夫人。

罗维娜：

我一般都会说，请自便。一个空荡荡的剧院确实没什么意思。不过你还是要吃一点，是的。

琳达：

亚瑟，或许你能帮我们一个忙。乔伊正在楼下做饭走不开，你能不能下楼到街角买一罐麦芽啤酒回来？

罗维娜：

我这儿有一先令。

琳达：

罗维娜姨妈，亚瑟穿成这样去酒吧是不是太隆重了……

罗维娜：

这条街上的酒吧已经习惯了咱们穿着各种戏服

出现，瓦尔伯顿先生，他们可能以为你在排演一出社会剧。

亚瑟：

（拒绝了一先令，充满热情地）我马上就回来。斯托克夫人，我马上就回来。

他匆忙跑出去。

罗维娜：

这个可怜的孩子已经疯了。看着他我真觉得自己老了。不过我可以想到，他要是理智起来的话，是一个非常不错的年轻人。琳达，没关系的，没有人能强迫你嫁给一个你自己不想嫁的人——亲爱的，他是一直在酗酒吗？还是看起来就是这个样子？

琳达：

他看起来就是这样。

乔伊拿着杯子、刀叉和其他东西上场。

乔伊：

那位公爵呢?

罗维娜：

他去街角买酒了。谢天谢地，他已经吃过饭了。听着乔伊，这个年轻人因为琳达已经失去理智了，可以说是疯了。事情现在很严重，琳达说他言语之间很疯狂，甚至想要开枪杀了琳达。

乔伊吹了个口哨。

报纸上全都是这样的故事，乔伊，戏剧里也有很多。可能会这样，有可能会这样。

乔伊：

我听说过这样的事，但我们家族从没发生过。

罗维娜：

咱们得采取措施，乔伊，我会让他脱掉斗篷，然后你把斗篷拿到楼下去，看看口袋里有没有什么东西。

乔伊：

口袋里有什么？

罗维娜：

什么……一把小型的枪啊。

琳达：

是的，他口袋里一定有一把枪。我知道一定会有。

罗维娜：

他应该会放在斗篷里，这样就不会让其他口袋显得鼓鼓囊囊。听着乔伊，如果有枪，你就把子弹都取出来，再把枪放回他的口袋里，明白了吗？然后再把斗篷拿回来。如果这小子要向琳达开枪，他今晚就会行动。这样的话，我们要和他开诚布公地好好聊一聊了。

乔伊：

对，然后报警，就这样！

罗维娜：

不，这不是警察和监狱能解决的问题。乔伊，如果你在他口袋里发现了枪，然后按我说的做了，你就回到舞台这里，用口哨吹一首你的歌。就吹那首关于银行假期的歌。你知道的，“假日巴士上坐着我的假日女孩”。

乔伊：

好嘞！

罗维娜：

琳达，你就表现得自然点。让他完成自己的杀人计划，从这件事里走出来。我喜欢这个孩子，我不想跟他对着干。二十出头的年纪，人人都会活得有点戏剧色彩。

琳达：

（突然）我恨他，我恨死他了！他为什么就不能放过我？

罗维娜：

是啊，是啊，这就是爱。

琳达：

（在歇斯底里的边缘）姨妈，这爱就不能治好吗？你能不能让他就把我忘了？

罗维娜：

宝贝，有些人说有办法。有人说你可以取笑他、嘲弄他。也有人说你把自己最差的状态展现给他，让他知道你其实很糟糕。不过要我说只有一种方法可以让人从疯狂而沮丧的爱中解脱出来。

她停顿了一下，理了理思路。

只有爱能够治好爱。只有真诚的兴趣……只有你真心地想要了解，喜欢他才能……才能……

她说不下去了。

罗维娜：

（继续）亲爱的，没事的。别害怕，能有个机会把事情说清楚是好事。只要记得一点：我喜欢他，我喜欢他。他也是别人家的孩子，就是最近几个礼拜状态不好。

琳达：

他太激动了。

亚瑟上场，乔伊跟在他后面。亚瑟的手里拎着好几捆东西和一些瓶子。

罗维娜：

怎么，瓦尔伯顿先生，怎么有这么多东西。你还带了什么？薯条？香肠？我不知道了。这成了一场宴会了。瓦尔伯顿先生，把外套脱了吧。乔伊，你帮瓦尔伯顿先生把外套脱了，拿去挂在楼下的挂衣钩那儿。

亚瑟：

（有意识地）我还是穿着吧，谢谢。

罗维娜：

（乔伊正想上手）哦，不，不！你不用穿着大衣。穿着一件厚重的大衣坐在这儿也太难受了。

乔伊帮忙脱大衣的时候，亚瑟的眼睛一直盯着他。

不过琳达，你一直在练习，亲爱的你可以把围巾取下来，把你的椅子往前拉一点。嗯，这样舒服多了。还有什么比和朋友们坐在一起吃东西更好的事情呢？瓦尔伯顿先生，对你来说应该更美好吧，因为你本来应该在学校里呢，我没搞错吧？

亚瑟：

是的，我本来应该在剑桥。

罗维娜：

想不到啊！这么大胆地违反校规，感觉一定很刺激。生活太无聊了，偶尔来点小刺激也挺好。瓦尔伯顿先生，要不要改变主意，陪我们一起简单吃点。来一片香肠如何？

亚瑟：

我一点都吃不下了。我喝点啤酒就好。

罗维娜：

（忙活着桌上的事情）好啊。

亚瑟：

（试探着和琳达说话）安杰莱利夫人周四有一场晚宴，琳达，你不去了吗？

琳达：

不去了，我不喜欢他们。

亚瑟：

不知道你上周四去哪儿了，安杰莱利夫人一直在等你。

琳达：

我不喜欢他们。

静场。

罗维娜：

除了腌鱼乔伊在忙什么呢？瓦尔伯顿先生，你在台上见到乔伊了吗？乔伊·韦斯顿。

亚瑟：

我没见到他。

罗维娜：

好吧。他呀！是默剧界最好的喜剧演员。你应该见过他的妻子，亨丽埃塔·杜·沃克斯，全英国最受欢迎的歌剧女高音，非常有名。亨丽埃塔·杜·沃克斯两年前去世了，大家都很爱她，她的去世是个损失。嘘，他来了！

乔伊拿着腌鱼和茶上场。他兴高采烈地用口哨吹着一段旋律，又唱起了歌词："假日巴士上坐着我的假日女孩。"

罗维娜：

乔伊，你可真够闹的。别人还以为你有什么开心的事呢。好吧，瓦尔伯顿先生，那我们就坐下吃饭吧。

亚瑟面对着大家坐在左边。乔伊面对着观众，罗维娜和琳达面对面坐着，罗维娜坐在他右边，琳达坐在他左边。

乔伊：

罗维娜，从厨房出来，我觉得这儿挺冷的。

罗维娜：

是啊，比我想象中要冷。乔伊，你去把瓦尔伯顿先生的大衣拿来吧，我估计他还是想穿着。

亚瑟：

是的，我还是拿着大衣比较好。

他跟在乔伊身后走到门口，从他手里接过大衣。

罗维娜：

（趁着两个男人在门口）亲爱的，你感觉如何？

琳达：

真讨厌。我希望我现在在家。

罗维娜：

真好吃啊，乔伊！你是个好厨师！

他们专心地吃了一会儿东西，罗维娜凝视着黑暗剧院的穹顶。

罗维娜：

噢，这个老剧院见证过一些精彩的夜晚！我永远不会忘记，乔伊，你在《鲁滨孙漂流记第二部》里，我永远都不会忘记你站在那儿，好像看到了鬼。我笑得特别开心。

乔伊：

不，厉害的不是我。是亨丽埃塔。她在这座剧院里唱过三百遍《巴格达苏丹》。就在这个舞台上，她唱了三百遍《船屋之歌》，整个剧院就疯狂了三百回。他们安静地坐着，感觉一直在屏着呼吸，然后突然爆发出尖叫和喊声。瓦尔伯顿先生，亨丽埃塔·杜·沃克斯是我的妻子。她是继尼尔·格温妮之后英国最好的女高音。

罗维娜：

我现在还能想起她的声音，乔伊。她是个很棒的歌唱家，也是一位珍贵的朋友。

乔伊：

演出结束后，我会在街角等她，瓦尔伯顿先生。（指了指街角）你知道那个街角吗，先生？

亚瑟：

（着迷地）知道。

乔伊：

我不是总有戏演，经理觉得一个丈夫在剧院里等着接女高音回家不太好。所以我就在街角等着她。她就在人们鼓掌的时候溜出来，先生，陪着她那个没什么戏可以演的丈夫回家。

罗维娜：

乔伊，我不准你这么说。你是全英国最棒的喜剧演员之一——乔伊，你太累了。休息一会儿。

乔伊：

没事，罗维娜，我想讲讲她的事。她从来不在意自己的成功，她有上百种方式假装自己做得不够好。“乔伊，”她会说，“我今晚演砸了。”然后她会问我该怎么办。

罗维娜：

瓦尔伯顿先生，请坐过来吧。看在大家心情不错的分儿上，吃点东西吧。我们在这儿都是朋友。琳达，给他拿片面包，再放一片香肠，亲手给他。

亚瑟：

谢谢，非常感谢。

乔伊：

（感情越来越强烈）她生病的时候，知道自己咳嗽会让我难受，她就一直痛苦地忍着不让自己咳出声来。“咳出来，亨丽埃塔，”我跟她说，“这样你会舒服一些。”但她不会这样！她会表现得好像我才是需要被照顾的病人。

（转向亚瑟，言语中带着严肃和力量）我在报纸上读到，有些人开枪杀了自己的爱人。我不知道该怎么理解。这些人不过是想得到关注，非得枪击别人才能得到关注吗？是他们自己——他们爱的是他们自己。

乔伊紧紧盯着亚瑟看，亚瑟不由自主地说道“是的”，然后突然起身说话。

亚瑟：

我必须得走了。谢谢你们的款待。

罗维娜：

（起身）乔伊，跟我下楼一趟，帮我开一下那个旧箱子。我想我们在里面可以找到亨丽埃塔在《冰之宫殿》里用的盾牌和长矛，还有其他一些东西。那个锁已经坏了好几年了。

乔伊：

好的，罗维娜，咱们去看看。

罗维娜：

我们马上就回来，你们继续吃饭。

他们下场。

亚瑟：

琳达，我不会再来烦你了。我希望你能幸福，仅此而已。

琳达：

亚瑟，你没有让我烦扰。

亚瑟：

他说的是对的。我想得到关注，我想让你喜欢我，琳达。我的意思是说，我希望你能更喜欢我。我想向你证明，我愿意为你做任何事。我可以给你所有……那些……他所讲述的那些……我不会再来烦你了。

（转过身，继续）我想要证明给你看，琳达。我在街角等了好几个小时，就那样走来走去。我计划着，琳达，要证明给你看，没有你我活不下去……如果你继续冷落我……不喜欢我，琳达，我就要在这儿开枪自杀……证明给你看。

（把左轮手枪放在桌子上）证明给你看——但你们对我充满善意。而且……韦斯顿先生讲了关于他妻子的故事。我想，去爱了就不算浪费。

他默默地哭泣。

琳达：

（被吓到）亚瑟！你不要这样做！

他匆忙走了出去。琳达颤抖着，一脸嫌弃。她看了看左轮手枪，开始在房间里练习舞步。乔伊和罗维娜回到场上。

罗维娜：

刚刚是他走了吗？发生了什么事，琳达？

琳达：

（中断了练习，冷漠地）他说了告别，永远。他把枪留下了，想要向我证明点什么。谢谢了。

罗维娜：

琳达，我希望你说了一些体贴的话。

琳达：

我说了，谢谢了。

罗维娜：

好吧，小姑娘，你才十六岁，也会有这么一天的。我们得好好关照着你才行。

琳达：

别再说这个事了，把我搞得很累。我好热，也好激动，感觉自己呼吸好快。马里奥绝不会干出这样的事情。马里奥……你在场的时候，马里奥好像都没注意到你……

——剧终——

（黄七阳译）

书中才有的事

Such Things Only Happen in Books

人物

约翰 —— 年轻的小说家

加布丽埃尔 —— 他的妻子

邦帕斯医生 —— 当地医生

格雷厄姆先生 —— 约翰的朋友，五十岁左右。

场景

新罕布什尔州乡村，一栋老房子。

舞台上是约翰的藏书室，也是他的书房和客厅。这是一个春天的傍晚，约翰正坐在壁炉前的牌桌旁玩纸牌，加布丽埃尔在缝东西。

静场。

约翰刚结束了一局游戏，他拿起钢笔在手边的纸上做了记录，然后开始洗牌。

约翰：

5。

加布丽埃尔：

你说什么，亲爱的？

约翰：

5。

加布丽埃尔：

哦！那也超过平均水平啦。

约翰：

平均水平是 2。跟你说说我今晚的成绩：0，2，5，3，0，1，4，0，3，1，6，0，0，0，3，0，6，这次是 5。每 21 局拿到 52 就是满分。意味着现在开始，我得满分的概率每一局都增加了 7.32。

加布丽埃尔：

（听不懂，但感觉不是很乐观）哎呀！

停顿。

约翰：

医生还在楼上呢，是吗？

加布丽埃尔：

是的。

约翰：

感觉他花了好长时间。

加布丽埃尔：

是啊，每隔一天他就要重新包扎伤口，烧伤的地方，就是那一块，要花上半个钟头，我说可以去帮他，但他好像也不需要。他说有事的话会下楼来找我们。

约翰：

好吧，他确实忙了挺久的。重新包扎的时候会伤到凯蒂吗？

加布丽埃尔：

不会了。（停顿）你说的人什么时候来？

约翰：

我估计八点半吧，也可能不来了。他今晚还要写一份报告什么的。我跟他说要是愿意的话就过来一趟，我们可以下下象棋。

加布丽埃尔：

他是第一次拜访，我应该早点准备，给他专门做点吃的。

约翰：

不用，不用。我跟他说了，我们两个一般会在十点半的时候喝点可可——我跟他说了，喝点可可吃点饼干。

加布丽埃尔：

凯蒂不能下床真是太糟糕了。他还不知道凯蒂的事情吧，咱们这儿好像所有人都知道凯蒂把热水倒在自己腿上的事儿了。

约翰：

又是一个 0。感觉要 —— 虽然局面看起来还不错。

加布丽埃尔：

你是怎么认识这个人的？

约翰：

和认识其他人一样，周日早上取信的时候，在邮局认识的。大家从教堂回家，路过邮局都会待一会儿，所有人都在互相聊天。

加布丽埃尔：

你也是这么认识白金汉小姐的，莫名其妙的白金汉小姐，听名字我就不喜欢。我到现在都搞不懂她跑到咱们家来干什么。

约翰：

反正她现在已经离开这儿了，她回澳大利亚了——总而言之，亲爱的，你不介意我时不时地带一些刚认识的朋友回来吧？

加布丽埃尔：

噢，当然不介意！我挺喜欢的。

约翰：

对我们这些作家来说，多认识一些人也是我们的工作。

加布丽埃尔：

反正我觉得挺好。

约翰：

以及，这位格……格……

加布丽埃尔：

格雷厄姆。

约翰：

对，是格雷厄姆先生自己想来，他说他特别喜欢林中小屋。我跟他说这房子已经有两百多年历史了，而且是个有故事的房子。这些西部的人，很喜欢我们新罕布什尔州的地方色彩。说真的，加布丽埃尔，医生在楼上待得太久了。

加布丽埃尔：

你跟格雷厄姆先生讲了房子的故事吗？

约翰：

没有，我其实也不太清楚。两个年轻人把他们的父亲吓死了——杀死了或者是吓死了。我得问一个这里的老居民才知道。这个地方的每栋老房子都有自己的谋杀案，谢天谢地，我是有创作者的觉悟的，不会再去写本小说讲这些新英格兰地区的老房子。

加布丽埃尔：

差不多就是这么回事，可以让医生给咱们讲讲，他应该知道。

约翰：

（检视自己的牌局）好吧，我看是卡住了。感觉马上就要赢了，我觉得只用挪一张牌，就能产生很多新的组合。

加布丽埃尔：

（并无恶意）你就是太有觉悟了。

约翰：

这就像小说，你要调整牌面，形成一个设计。生活中大多数人就是顺其自然，没有什么设计。

每 21 局，就会有一次设计获得成功。

加布丽埃尔：

那我看有一个设计马上要成了。

约翰：

除非我们推倒重来，并且看到底牌。总之，这局并不怎么样，我打算带上烟斗到花园里面散散步。

加布丽埃尔：

你看着点大门，好吗？我可不想未经介绍，就贸然和这位格雷厄姆先生见面。

约翰：

好的。我就在房子前面走走，肯定不会错过他。我把前门开着，等医生下楼了，你可以吹个口哨通知我。

（打开烟草罐，把烟斗装满）设计设计。我要是没什么觉悟，我就随便使用这些设计了，小说里到处都是，生活中从不会发生。这些已经被用烂的老情节。伊诺克·阿登回到家，透过窗户看进去，发现妻子已经嫁给了别人。

加布丽埃尔：

我还挺喜欢那个故事的。

约翰：

还有一种设计，杀人犯总是偷偷回到作案现场，得意于自己做过的事情。

加布丽埃尔：

噢，约翰！多棒啊！他们会回到这栋老房子里，你想想！

约翰：

还有这种设计，所有35岁的已婚女人都有情人。

加布丽埃尔：

还有《马赛曲》。

约翰：

真是可悲又无聊，就像那些套路笑话一样，什么惹人讨厌的婆婆啊，什么警察和访客在厨房，厨子喂他们吃鸡忙。

加布丽埃尔：

凯蒂！凯蒂！——你是不是说每21次，这些设计就会在现实生活中发生一次？

约翰：

一千次能有一次。书籍和戏剧都是关于生活无害的谎言。

加布丽埃尔：

好了，别太激动了，亲爱的，你还要工作呢。

约翰：

嗯，就抽一斗烟。

他走进花园，风度翩翩的年轻医生从右侧上场，拿着帽子、外套和挎包。他看向加布丽埃尔，像在询问什么，她示意约翰在房子前面。她往门外看看，确认了一下，微笑了起来。医生把她抱在怀里，他们像一对夫妻一样静静接吻。

加布丽埃尔：

噢！

邦帕斯医生：

噢！噢！

加布丽埃尔：

凯蒂怎么样了？

邦帕斯医生：

夫人，凯蒂会好起来的。我得赶紧走了。

加布丽埃尔：

多待一会儿！

邦帕斯医生：

事情太多了，病人等不及的。

加布丽埃尔：

哎，哎！

邦帕斯医生：

我在给别人雪中送炭，你不会让我耽搁的对吗？夫人，好几百个人正在等着我上门呢。（放下大衣、帽子和挎包，又亲吻了她）双胞胎们在迫不及待等着出世——时不时地就有谁的阑尾哒哒哒——砰！你在哪儿买的裙子？真时髦，真好看——我可以跟你说个秘密吗？加布丽埃尔？你想知道一个秘密吗？

加布丽埃尔：

当然，快点说。别吊人胃口了，我跟约翰说了你下楼的话就吹个口哨通知他。

邦帕斯医生：

是凯蒂。

加布丽埃尔：

天哪，凯蒂能有什么秘密。

邦帕斯医生：

答应我，别让这件事情影响你和凯蒂之间的关系。凯蒂是个好孩子，如果你是个古板的老太太的心态，你可能会很愤怒。答应我，这件事不要告诉你丈夫。

加布丽埃尔：

哦，我一般什么都不跟约翰说！会耽误他的工作。

邦帕斯医生：

凯蒂刚才跟我说了实话，关于事故的原因。（笑了一下）你之前都不奇怪吗？一个像凯蒂这样强壮又细心的女孩子，怎么会把一罐子热水洒在自己腿上？

加布丽埃尔：

我也奇怪，我确实觉得这事儿很滑稽。

邦帕斯医生：

是她哥哥干的。

加布丽埃尔：

我不知道她还有个哥哥。

邦帕斯医生：

他已经坐了八年的牢，还有四年。因为伪造材料、挪用公款之类的事情。但他不是一个坏人，以前在波士顿还在我们医院做过护工。三个月前他越狱了，半夜的警笛声（他发出警报的声音），警犬的叫声（他叫了起来），到处都是，但他逃了出来。加布丽埃尔，你晚上有没有听到过厨房里有动静？

加布丽埃尔：

听到过，听到过。不过这房子总有这样那样的声音。我都是翻个身继续睡，想着除非是鬼魂进房间了，我才不管。

邦帕斯医生：

那不是鬼魂，是凯蒂的哥哥。凯蒂的哥哥一直躲着，在你们房子里住了三个月。

加布丽埃尔：

我们居然都不知道！凯蒂怎么能这样做。

邦帕斯医生：

凯蒂为了这事儿一直很痛苦。她身体上烫伤的痛苦，远远比不上她良心所受的折磨，她一直是个诚实的女孩，每次她如果从厨房里拿晚餐给哥哥吃，她自己就不吃晚饭了。至于其他时候，她都是自己花钱给哥哥买食物。

加布丽埃尔：

天，生活可太复杂了！

邦帕斯医生：

那天晚上她烧了点水，想给哥哥洗衬衫和袜子。他把水壶从炉子上拿下来的时候，因为不习惯手把太烫，水壶掉了下来，然后水洒在了凯蒂的膝盖上。我现在可以跟你说这些，是因为他已经安全过境到了加拿大。现在，我也得走了。

加布丽埃尔：

你得见一下约翰。（吹口哨）今晚天气不错，雨也停了，约翰在等一位客人来陪他下象棋。你认识一个叫格雷厄姆的人吗？从西部过来的。

约翰上场。

约翰：

医生您好，您忙了好长时间啊。凯蒂怎么样？

邦帕斯医生：

凯蒂挺好的，过几天她就能起来活动了。

医生拿起他的东西。

约翰：

你要不要多待一会儿？加布丽埃尔可以给我们做点可可。

邦帕斯医生：

可可！现在还有人在喝可可吗？不了，我要赶紧走了，病人们等不及了，我还要再回趟医院看看。

加布丽埃尔：

可不！每次他一踏进医院大门，整个楼都要飞起来了。

邦帕斯医生：

让大家振奋起来，振奋起来——你的新书进展如何了？

约翰：

还没开始写呢。还在思考情节。

邦帕斯医生：

生活里到处都是精彩情节。

约翰：

我们以为是这样，不过真要写的话，无论什么阶级或门第——穷人和富人——和我们的生活都差不多，没那么多故事。大家都有工作，有一位漂亮的妻子，一栋漂亮的房子，一个好凯蒂。

邦帕斯医生：

不不不，生活里处处都是精彩情节，把它们集中起来。

约翰：

格雷厄姆先生来了。

约翰走到门口和他握手。外表上看这是一个沉默的、留着胡须的男人，大约五十岁。

格雷厄姆先生：

我就是过来见见您的妻子，说一声我得择日再来拜访，如果您还欢迎的话。

加布丽埃尔：

真可惜。

格雷厄姆先生：

今晚我必须要工作，我得发送一份报告，可能要工作一整晚。

四处看看。

这栋房子感觉很有意思，很迷人。

约翰：

这栋房子有个故事，我正想请邦帕斯医生给我们讲讲呢。

邦帕斯医生：

我想想，他们叫什么名字来着？

加布丽埃尔：

大家都叫它汉伯顿之地。

邦帕斯医生：

对了。应该是三十年前吧，有一位老父亲，很有钱，但是可怜又可恶，留着胡子什么的。他在地板和砖头中间藏了好多钱。

（指指壁炉）他给自己的儿子和女儿穿破烂，是的，先生，穿破烂，吃土豆皮。他们就想要点钱去上学，买点衣服穿。一天晚上他们想要吓唬老头一下——他们把老头用绳子绑起来，威胁他拿些钱出来。也有人说他们是想杀了他，反正最后他就死在这儿了。

加布丽埃尔：

孩子们呢？

邦帕斯医生：

失踪了。说真的，也没人花功夫去找他们。

加布丽埃尔：

他们拿到钱了吗？

邦帕斯医生：

希望如此吧，希望他们找到了些钱。大部分钱直到现在还存在银行里呢。

约翰：

是的，就是这么个故事。

格雷厄姆先生：

很有意思。

加布丽埃尔：

来吧，你们不如都待一会儿，喝杯可可？就一会儿。

邦帕斯医生：

病人等不及了。很高兴认识您，格雷厄姆先生。咻，走了。

他走了出去。

约翰：

这些房子里的民间传闻跟屋里的苔藓一样多。（对加布丽埃尔）你看，大家能编出来的故事不过如此——幼稚。

加布丽埃尔：

抱歉我要离开一下，我听见凯蒂的铃声了。格雷厄姆先生，我们的用人病了，正躺在楼上。她要是有需要就会摇铃喊我们。

她从右侧下场。

格雷厄姆先生：

我也得走了。希望我今晚一切顺利。临走前有个问题，你们是否碰巧认识一位白金汉小姐？

约翰：

认识，啊，认识。白金汉小姐之前来过，和我们共度了一个晚上。她以前好像在南非还是澳大利亚做护士。她已经回去了，您认识她吗？

格雷厄姆先生：

是的，我们以前认识。

约翰：

她也很喜欢这栋房子，是她自己提出要过来看看。

格雷厄姆先生：

我想知道的是，她回澳大利亚了对吗？

加布丽埃尔的声音在喊："约翰！约翰！"

约翰：

我妻子在楼上叫我——您在斯洛普太太的公寓那儿应该能问到白金汉小姐的地址，她之前住在那儿——来了！抱歉，格雷厄姆先生，有机会再来，我们一起下棋。

约翰匆匆下场。格雷厄姆先生之前一直站在门口，他走了进来，小心地穿过房间走到右前方的角落。他慢慢地掀起地毯一角，盯着一块斑驳的地板看了看。他放下地毯，走到街上。约翰和加布丽埃尔回到场上。

约翰：

她现在应该舒服一些了。

加布丽埃尔：

现在我们有个自由自在的夜晚了。

约翰：

连紧张地下盘象棋的机会都没有了。好吧，这样也不错。

他又坐下来玩牌。加布丽埃尔拿起她的针线活，起身站在他身后，越过他的肩膀观望着他的牌局。

加布丽埃尔：

那儿！那个J放在10上，A就清了。

约翰：

就算这样也还是个僵局。

加布丽埃尔：

真搞不懂这个牌为什么这么难。（停顿）我觉得你并没有看到所有的走法。

约翰：

能有的走法我肯定都看到了，我总不能去看底牌吧，对吗？（把牌扫向自己，开始洗牌）再玩一局，然后咱们喝可可。

——剧终——

（黄七阳译）

前往特伦顿与卡姆登的快乐旅程

The Happy Journey to Trenton and Camden

给制作人的提示

尽管演员的台词和行为举止是口语化和现实主义的，本剧的制作应激发想象力，富有暗示和指向性。所有道具都是虚构的，但使用它们时应进行细腻的无实物表演。有两组道具是例外。一个是汽车，它由一张矮台子加四把椅子组成。在某些版本的制作中，考虑到观众席的视线问题，有必要稍微抬高汽车的两个后排座椅。第二个道具是一张普通的折叠床或者沙发。

舞台监督不仅要推出和收回这两组道具，还要看着稿子朗读所有次要角色（不出场）的台词。他吐字清晰，但几乎不去塑造人物，就算他是以孩子或女人的身份在对话，也是如此。整个戏剧演出过程中，他可以抽烟、看报纸、吃苹果，但绝不能太过显眼，也不应该分散观众对中心行动的注意力。

应该时刻牢记，本剧的目的是刻画老妈柯比这个人物，作者甚至曾经考虑过给这出戏剧取名为《一位女士的画像》。因此导演要时刻牢记，老妈柯比的幽默、坚强和人性，是本剧贯穿始终的要素。这个视角的展现要始终高于剧中角色和细节的喜剧性。

许多制作都陷入了两种令人遗憾的极端：一种是演员把喜剧性的人物和情境夸大，以至于朝闹剧的方向发展；另一种则是把老妈柯比的情感和宗教信仰用感性和严肃说教来呈现。这出戏在表达上越是简单平缓，它的氛围、喜剧性和人物特征的呈现就会越有效果。

桑顿·怀尔德

1931 年

人物

舞台监督

老妈 —— 凯特·柯比太太

亚瑟 —— 十三岁，她的儿子

卡洛琳 —— 十五岁，她的女儿

老爸

碧悠勒 —— 二十二岁，柯比已婚的女儿，住在新泽西州卡姆登

场景

柯比家中，

柯比一家人从纽瓦克开车前往新泽西卡姆登的旅途中。

本剧无须布景，其想法是不要再现任何真实场景。可以使用没有边饰的灰色幕布作为背景，也可以用环形天幕，或者就只用空旷的舞台。

幕起，舞台监督正懒洋洋地靠在观众席左手边的柱子上，他在抽烟。

亚瑟在舞台中央玩弹珠，无实物表演。

卡洛琳在右后方远处和一些观众看不见的女孩们聊天。

老妈柯比正对着一面想象中的镜子焦急地戴帽子，帽子是真的。

老妈：

你爸在哪儿？他怎么不在这儿？这样下去咱们别想出发了。

亚瑟：

妈，我帽子呢？要是找不到帽子我就走不了。

还在玩弹珠。

老妈：

你去门厅看看是不是在那儿，卡洛琳去哪儿了？这个死孩子！

亚瑟：

她在外面街上，和琼斯家的女孩们聊天呢。妈，我刚在门厅找了无数遍，但是不在那儿。（摩拳擦掌准备完成高难度的一击，一边念叨着）来吧，命中。

老妈：

要我说你再去找一次。仔细找。

亚瑟起身，跑到右边，转了一圈回来继续自己的游戏。他猛扑向地面重重地落在地上，弹出一个弹珠。

亚瑟：

不在，妈，不在那儿。

老妈：

（平心静气地）好吧，没有那顶帽子你就不能离开纽瓦克，你可想好了。我是不会和一个小无赖同行的。

亚瑟：

噢，老妈！

老妈柯比走到舞台脚灯前，仿佛在透过窗户对着观众的方向说话。

老妈：

（喊道）哦，施瓦茨太太！

舞台监督：

（对照着手中的稿子）我在这儿，柯比太太。你们要走了吗？

老妈：

我们马上就出发。孩子怎么样了？

舞台监督：

她没事了。我们拍了拍她的背，她都吐出来了。

老妈：

太好了！对了，施瓦茨太太，你要是能在早上和晚上给猫咪喂碟牛奶，那就太感谢了——下午好，霍布梅尔太太！

舞台监督：

下午好，柯比太太，我听说你要出门。

老妈：

（谦和地）噢，霍布梅尔太太，就去三天。我们要去卡姆登，看望我那结了婚的女儿碧悠勒。埃尔默在洗衣店今年休假休得早，而且他可是世界上最好的司机。

卡洛琳走进“屋”，站在母亲身边。

舞台监督：

全家一起去吗？

老妈：

是的，我们四个人都去。换换环境对孩子们有好处。我那结了婚的女儿前段时间病倒了——

舞台监督：

哎呀呀！是的，我记得你跟我们说过。

老妈：

我就是想去看看孩子。她病了之后我也没见过她。不亲眼看见她，我心里就没法踏实。（*对卡洛琳*）你不能跟霍布梅尔太太说声午安吗？

卡洛琳：

（脸红着垂下双眼，木讷地）午安，霍布梅尔太太。

舞台监督：

午安亲爱的——等你们走了我再开始掸这些毯子，我可不想让灰尘呛到你们。希望你们玩得开心，一切都好。

老妈：

谢谢你，霍布梅尔太太，希望如此——施瓦茨太太，也就是给猫喂牛奶这个事情了，如果你不介意的话。要是有什么事，后门的钥匙就挂在冰箱旁边。

卡洛琳：

妈！别这么大声。

亚瑟：

大家全听见了。

老妈：

你这孩子，别拽我裙子。（大声地耳语）我把后门的钥匙挂在冰箱旁边，我把纱门也开着。

舞台监督：

一路顺风亲爱的，代我向鲁丽问好。

老妈：

我会的，万分感谢你。

她关上窗户，转身上台，环顾四周。卡洛琳走到左边，用力地揉着自己的脸颊。老妈正忙着收拾最后几件东西。

你爸到底在忙什么？

亚瑟：

（还没有离开他的弹珠）妈，我找不到我的帽子。

埃尔默拿着帽子上场。

埃尔默：

这是亚瑟的帽子，他一定是星期天落在车里了。

老妈：

谢天谢地，现在可以出发了。卡洛琳·柯比，你的脸怎么了？

卡洛琳：

（叛逆，又窘迫）没什么。

老妈：

你要是在脸上涂东西，我可要扇你了。

卡洛琳：

没有，妈，当然没有。（垂下头）我就是搓了搓，让它显得红润一些。那些高中女生出门之前都这样。

老妈：

我可从没见过这种傻事。埃尔默，你刚才在忙什么？

埃尔默：

（总是语调平和，总是带有一丝焦虑地透过眼镜往外看）凯特，我就是去了趟车库，让查理最后检查了一下。

老妈：

我很高兴你这样做，（拿起两件想象中的行李，向门口走去）我可不想在途中抛锚。现在我们可以出发了。亚瑟，把弹珠收起来，可没人想在旅途中看到你摆弄这些。

他们穿过“门厅”走出去，又走了几步表示在下楼，然后来到了街上。

埃尔默：

过去，孩子们，离车远一点。

老妈：

苏利文家的男孩儿对什么都好奇。

舞台监督向前推出一个矮平台和四把椅子，这就是汽车。它被放在舞台中央，面对着观众。平台后方略微抬起，后面的两把椅子也略微抬高了一些。老爸的手握着一个想象中的方向盘，不断地换挡。卡洛琳坐在他身边。亚瑟坐在他身后，老妈坐在卡洛琳身后。

卡洛琳：

（害羞地）再见，米尔德里德。再见，海伦。

舞台监督：

再见，卡洛琳。再见，柯比太太。希望你们玩得开心。

老妈：

再见，姑娘们。

舞台监督：

再见，凯特。这车真不错。

老妈：

（抬眼看向窗外）噢，再见，艾玛！（谦和地）我们都觉得这是世界上最好的雪佛兰小车——噢，再见，阿德勒太太！

舞台监督：

什么，你要出门吗，柯比太太？

老妈：

就三天，阿德勒太太，去看我那结了婚的女儿，她在卡姆登。

舞台监督：

玩得开心。

老妈、卡洛琳和舞台监督开始此起彼伏地告别起来。整条街的人都在说再见。亚瑟拿出他的玩具枪，开心地向空中射击。他们启动时，车子摇晃了一两下。

亚瑟：

（突然害怕起来）爸！爸！别从学校那边走！比登巴赫先生可能会看到我们！

老妈：

我才不在乎他有没有看见我们。我当然可以带孩子们放一天假，干吗要躲好几条街怕他看见。（埃尔默向一位路人点头致意，柯比夫人平静地问道）你在跟谁说话，埃尔默？

埃尔默：

是帮我们在小屋准备宴会的家伙，凯特。

老妈：

就是他必须要买四百块牛排对吗？

（老爸点头）不得不说，很高兴我不是他。

埃尔默：

空气都变好了。深呼吸，孩子们。

他们大口地吸起气来。

亚瑟：

（指着一块他们正在逐渐驶离的标牌）哎呀，已经快开张了。“韦伯和海尔布隆纳精品男士西装店”，妈，我以后可以买一件吗？

老妈：

如果你毕业时成绩不错的话，你爸也许会给你买一套在毕业典礼的时候穿。

停顿。大家都盯着外面看，车突然晃了一下。

卡洛琳：

（叫道）噢，老爸！我们要等着整个葬礼队伍走完吗？

老爸脱下帽子。老妈好奇地向前探身。

老妈：

脱掉你的帽子，亚瑟。看看你父亲。——怎么会，埃尔默，我看应该是你们教会的弟兄。看到条幅了吗？应该是伊丽莎白教会的。（埃尔默点点头，老妈叹息着“哎呀哎呀”。他们都向前探着身子，默默地看着这场葬礼，气氛瞬间严肃了起来。停顿之后，老妈带着梦呓一般的口吻，却并不感伤地说道）我们没有忘记过我们所经历的葬礼，对吗？我们没有忘记我们善良的哈罗德。他为国家献出了生命，我们不能忘记。

她的手指从眼角扫过脸颊。又一个停顿后，她欢欣而顺服地说道。

老妈：

（继续）我们都会有那么一天的，耽误别人几分钟交通的那一天。

孩子们：

（很难受）老妈！

老妈：

（并无自怜情绪）我“准备好了”，孩子们。我希望这辆车的每个人也都“准备好了”。（她把手放在老爸的肩膀上）我希望先走的人是我，埃尔默。是的。

老爸摸了摸她的手。

卡洛琳：

妈，大家都看着你呢。

亚瑟：

大家都在笑话你呢。

老妈：

你们闭嘴！我才不在乎新泽西伊丽莎白的这些蠢人怎么看我呢——咱们可以走了，他们完事了。

车又晃动了一下，然后继续向前。

卡洛琳：

（看到一块标牌，路过后转身继续看着）“合礼背带裤，工人的选择。”爸，他们为什么要这么写“礼”这个字？

埃尔默：

这样你就会停下来问为什么呀，小姐。

卡洛琳：

爸爸，你在笑话我。妈，他们为什么要说“三百间房，三百个浴缸”？

亚瑟：

“米勒意大利面：最受欢迎的家庭食物。”妈，你怎么没做过意大利面？

老妈：

得了吧，你才不会吃呢。

亚瑟：

妈，我现在喜欢吃了。

卡洛琳：

（比画着）唔嘛，唔嘛。看起来好棒啊。妈，咱们回家的时候做点吃行吗？

老妈：

（一本正经地）“管理层很高兴能收到各位的建议，我们一定尽量让大家满意。”

一家人都觉得这句话非常好笑。孩子们大笑起来，连埃尔默也笑了起来。老妈依然是平和的状态。

埃尔默：

大家不是在抱怨，凯特。大家都知道你是个很棒的厨师。

老妈：

算不算好厨师我不知道，不过我还是有一些经验的。毕竟一日三餐，我已经做了二十五年了。

亚瑟：

噢，妈，你应该偶尔出去吃一顿。

老妈：

是的，过闰年的时候吃一顿。

这个笑话和之前的一样成功。笑声渐弱后，卡洛琳转过身去跪在坐垫上，欢快得几乎忘我，说道。

卡洛琳：

妈，我好爱这样出门走走啊。咱们经常这样吧，妈。

老妈：

天哪，你们快闻闻外面的空气！有整个大海的味道！埃尔默，过桥的时候小心点。我们应该要到新布伦斯维克了。

亚瑟：

（嫉妒母亲的成功）妈，什么时候能到下一个公厕？

老妈：

（泰然自若地）你又不想去。你这话说得很难听。

卡洛琳：

（尖声地）对，是的。妈，他真的很差劲，他在学校里就直接说出这种话，我恨不得找个地缝钻进去。妈，他真差劲。

老妈：

噢，你别瞎激动，小淑女！就我所知，咱们这一车都是小地方的人。还有，亚瑟，你应该绅士一点——埃尔默，别撞到那只牧羊犬。

（眼神一直盯着那只狗）看上去有点没精神啊，需要来满满一大碗吃的才行。还是只好看的狗。

（视线落在一块广告牌上）这个切斯特菲尔德香烟广告做得不错，是吧？长得有点像碧悠勒。

亚瑟：

妈？

老妈：

怎么了。

亚瑟：

我再接一个送报的工作不行吗？《纽瓦克日报》？

老妈：

不行，你不能去。不行，这位先生。我听说他们让报童早上四点半起床，除非能赚一百万，我才不会让我儿子每天早上四点半起床。你每周四早上去送《周六晚报》就够了。

亚瑟：

哎呀，妈妈。

老妈：

不行，先生。我的儿子不能四点半就起床，上帝让他睡觉的时候不睡觉。

亚瑟：

（闷闷不乐）哼！老妈总是在说上帝啊上帝。估计她今天早上还收到上帝给她写的信呢。

老妈起身，十分生气。

老妈：

埃尔默，立刻停车。我不想和说出这种话的人一起继续多走一步路。亚瑟，你现在下车。

老爸把车停下。

埃尔默，你给他一美元，让他自己回纽瓦克，我不想看见他。

亚瑟：

我说什么了？我也没说什么不好的话啊。

埃尔默：

我没听到他说了什么，凯特。

老妈：

上帝为我做了很多事情，我不许任何人拿祂开玩笑。你现在就给我下车。

卡洛琳：

噢，妈——别扫兴。

老妈：

我不管。

埃尔默：

咱们还是继续走吧，凯特，出都出来了。我今晚会和他好好聊聊。

老妈：

（慢慢让步）好吧，既然你这么说了，埃尔默。

老爸又发动了汽车。

不过我不坐他旁边了。卡洛琳，你过来坐我旁边。

亚瑟：

（害怕）噢，妈妈，没那么糟糕吧。

老妈：

我不想谈这件事了。希望你父亲能用肥皂和水好好洗洗你的嘴巴。如果我像你那样说上帝，真不知道咱们会在什么样的地方，我可真好奇！咱们大概会在酒吧和夜总会之类的地方吧。

行了，埃尔默，继续往前开。

卡洛琳：

（短暂的停顿后）妈，他刚说什么了？我没听见他说什么。

老妈：

我不想再提了。

车子在沉默中行进了一会儿，是一种不愉快的事情发生后突然的沉默。

埃尔默：

（转动方向盘，停下了车，对一个修理工）可以麻烦给散热器加点水吗？确保一下正常运转？

舞台监督：

（这场戏中他放下了剧本，认真地扮演起了角色）当然。（他敲打着轮胎）打点气，需要吗？需要机油或者汽油吗？

埃尔默：

不，不用了。我在纽瓦克都弄好了。

老妈：

我们是在去卡姆登的正确道路上吧，是吗？

舞台监督：

是的，往前开就对了，不会走错的。你们马上就到特伦顿了。（小心翼翼地往引擎罩里面倒水）卡姆登是个好地方，女士，请相信我。

老妈：

我女儿很喜欢那里——我结了婚的女儿。

舞台监督：

是吗？是个很棒的小镇。我觉得我会这么想，是因为我就出生在那附近。

老妈：

这样啊。你的同乡们还住在那儿吗？

舞台监督：

（一只脚踩在老妈椅子下面的踏板上，他们都很喜欢对方）没有了，我家老爷子把农场卖了，在那儿建了一个工厂。后来大家都移居到费城了。

老妈：

我女儿碧悠勒住在那儿是因为她丈夫在电话公司上班——别戳我，卡洛琳！——我们一起过去看望她，待上几天。

舞台监督：

是吗?

老妈：

她最近病了。我觉得我得去看看她。我丈夫和我儿子会住在基督教青年会的旅社，听说他们楼上有宿舍，都很干净很舒适。你去过吗?

舞台监督：

没有，我是哥伦布骑士团的。

老妈：

哦。

舞台监督：

我以前也在青年会打篮球。那儿挺好的。（慢慢地抽离出刚才那种状态，假装在检查车子，吹起口哨）好了，都搞定了，女士。祝你们旅途愉快，不会走错路的。

大家：

谢谢，非常感谢，祝您好运。

汽车颠簸着，又晃动起来。

老妈：

（叹了口气）世界上好人真多。这就是我说的好青年。

卡洛琳：

（诚恳地）妈，你不能把你自己所有的事情都跟别人讲。

老妈：

卡洛琳，你有你做事的方式，我有我的方式。他看起来有点没精打采的，我真希望能照顾他几天。他妈妈住在费城，他只能去吃那些可怕的希腊馆子。

卡洛琳：

我饿了。老爸，前面有个热狗摊，我能买一个吃吗？

埃尔默：

咱们每人买一个吧，凯特？我们午饭吃得太早了。

老妈：

就按你的计划，埃尔默。

他停下车。

埃尔默：

亚瑟，给你五毛钱。去看看都有什么卖的，不要加太多芥末酱。

亚瑟下车，从舞台右侧下场。老妈和卡洛琳也下车走了走路。

老妈：

那是什么花？我要采一些送给碧悠勒。

卡洛琳：

就是些野草，妈妈。

老妈：

我喜欢。天，快看看天，快看！我真开心自己出生在新泽西，我一直都说这是整个国家最好的一个州。每个州都有自己独一无二的地方。

他们一边漫步，一边哼着歌。亚瑟带着满手想象中的热狗回来了，他把热狗分给大家。因为刚才不愉快的事情，他的情绪仍然很低落。他最后才走到老妈身边，支支吾吾地说。

亚瑟：

妈，对不起。我为自己说过的话道歉。

他突然哭了起来，头靠在老妈的胳膊上。

老妈：

好了好了。我们有时候都会说些不好的话。我知道你不是故意的。

亚瑟哭得比之前更厉害了。

怎么了，行啦，行啦！我原谅你了亚瑟，今晚睡觉之前你……（悄悄对亚瑟说）你骨子里是个好孩子，亚瑟，我们都知道。

卡洛琳也哭了起来，老妈突然非常开心雀跃。

天哪，今天多美好啊，我们不应该哭泣。来，上车吧。卡洛琳，去前面和你爸爸坐一起，妈妈想和她的小帅哥坐在一起。

卡洛琳和老爸一起坐在前面。老妈让亚瑟先上车，随后自己关上车门。

我真没见过这样的孩子。你的热狗都湿了。大家好好吃热狗吧。好了，埃尔默，继续开车吧。

汽车启动，卡洛琳吐了些东西。

卡洛琳，你在做什么？

卡洛琳：

我在吐皮，妈妈。

老妈：

那就说“不好意思”。

卡洛琳：

不好意思。

她又吐了一些。

老妈：

这是哪里？亚瑟，你刚才看到邮局了吗？

亚瑟：

写的是劳伦斯维尔。

老妈：

嗯，应该是学校。我在想那栋黄色房子以前是什么。应该是快到特伦顿了。

卡洛琳：

爸爸，乔治·华盛顿就是在这附近渡过特拉华河的，就在特伦顿附近，妈妈。他在战争中是第一，在和平时是第一，在他的同胞心里也是第一。

老妈：

（审视过往的历史，平静而说教地）我最喜欢他的地方，是他从不说谎。

孩子们瞬间没了热情，停顿。

快看你们面前的落日，没有什么比得上一场美丽的落日。

亚瑟：

咱们前面的车挂着俄亥俄州的车牌。妈，你去过俄亥俄州吗？

老妈：

没有。

一阵梦幻般的静谧降临在大家身上。卡洛琳靠近老爸坐着，老妈用胳膊搂着亚瑟，不动声色。

亚瑟：

妈，世界上有多少人啊。美国肯定就有好几千好几万的人。妈，有多少人？

老妈：

我不知道，问你爸爸。

亚瑟：

爸，有多少人？

埃尔默：

一亿两千六百万，凯特。

老妈：

（戳了一下亚瑟的肩膀）而且他们都喜欢傍晚时带着孩子们开车出门。（停顿）怎么没有人唱点什么？亚瑟，你总是在唱歌，怎么不唱了？

亚瑟：

好吧，我们唱什么呢？

（起了个头）在弗吉尼亚州的蓝岭山中
孤独的松树间有一条路……

不，我不喜欢这首歌了，咱们唱这个：
我一直在铁路上工作……

（卡洛琳加入）漫长的一天。

（老妈唱起来）我一直在铁路上工作。

（老爸加入进来）只是为了打发时间。

老妈突然大喊一声，跳了起来。

老妈：

埃尔默，指示牌上写着卡姆登，我看见了。

埃尔默：

好的，凯特，你确定的话。

频繁换挡，车子后退，晃动起来。

老妈：

对，就是这儿。卡姆登——还有八公里。宝贝碧悠勒。（车子继续行进）听我说，孩子们，晚餐的时候要表现好一点，安静一点。她才做了一个大手术，刚刚能够下床。我们都要尽量安静地活动。你先把我和卡洛琳送到门口打声招呼，然后你们男士去青年会旅社，一个小时左右回来吃晚饭。

卡洛琳：

（闭上眼睛，激动地做出祈祷的姿势）我看见了第一颗星星。大家快一起许愿。

星光，星光灿烂。
我看到第一颗星，就在今晚。
希望我可以，希望我可以，
实现今晚许下的心愿。

（郑重地）锁住。妈妈，你说“钉住”。

她和老妈拉钩。

老妈：

钉住。

卡洛琳：

莎士比亚。妈，你说“朗费罗”。

老妈：

朗费罗。

卡洛琳：

这是个秘密，我不能告诉任何人。妈，你也许个愿。

老妈：

（冷幽默）不，我不用等星星出来就可以许愿，而且我可以大声说出我的愿望。你想听吗？

卡洛琳：

（拒绝）不用，妈，我们都知道。我们都听过了。（充满爱意地把头靠在老妈的左肩上，模仿着老妈）你希望我做一个好女孩，希望亚瑟言行都能诚实。

老妈：

（充满威严地）是的，所以要管好自己。

埃尔默：

卡洛琳，把你旁边我大衣口袋里碧悠勒写的那封信拿出来，大声念一下我用红笔标出来的部分。

卡洛琳：

（忙活起来）“经过两个大油罐之后，再往前几个街区……”

大家：

（指向身后）就在那儿！

卡洛琳：

“来到一个拐角处，左边有一家 A&P 商店，对面是一个消防站……”

大家都兴高采烈地指认着信中的地标。

“右转，走两个街区，我们家就在威尔豪瑟街471号。”

老妈：

这里比他们之前住的地方还要好。离A&P近也很方便。

卡洛琳：

（低声地）妈，这儿比我们的街道好，也比我们那儿有钱。妈，碧悠勒是不是比我们更有钱？

老妈：

（定定地看着她）小姐，请你注意了。我在场的时候，不想听到任何人说什么有钱没钱的。如果人不善良，我才不在乎他们有多少钱。我住在世界上最好的地方，因为我的丈夫和孩子住在那里。

（盯着卡洛琳看了一会儿，让她记住这个教导，抬起头时她看到碧悠勒，招手）碧悠勒正站在台阶上等我们呢。

碧悠勒出现，正在招手。大家都在喊着“你好，碧悠勒——你好。”一家人都下了车。

碧悠勒：

你好，妈妈——亚瑟和卡洛琳长得真快！

老妈：

他们的衣服已经穿不下了！

碧悠勒：

（长长地亲吻了老爸，动情地）你好，爸爸。我的好老爸。你看起来有点累了，爸爸——

老妈：

——是的，你爸需要休息。谢天谢地，他刚开始放假了。让他吃了饭，多睡一会儿。鲁丽，爸爸给你带了礼物。他自己去买的。

碧悠勒：

干吗呀，爸爸，你给我买礼物多不好啊，是不是不好？

老妈：

这是个秘密。你可以晚餐的时候自己打开看。

碧悠勒：

（用胳膊搂住他的脖子，用鼻子蹭着他的鬓角）

疯子老爸，跑出去买东西！应该是我去给你买东西才对，爸爸。

埃尔默：

噢，不行！这世界上只有一个小鲁丽。

碧悠勒：

（低声地，眼中满是泪水）我还活着，你开心吗，爸爸?

她突然亲了他一口，然后回到台阶上。

埃尔默：

霍拉斯呢，鲁丽?

碧悠勒：

他要在办公室多留一会儿，马上就回来了。他看到你们一定开心死了。

老妈：

好的。你们男士可以去旅舍了，一个小时候之后回来。

碧悠勒：

（老爸朝车子走去，她走到街上站在老爸身边）直走就行，爸爸，不会错的。它就在你正前方。（埃尔默和亚瑟帮着舞台监督移走了汽车，然后挥手告别，下场）妈，你上来吧，把东西都放下。卡洛琳，后院里给你准备了一个惊喜。

卡洛琳：

兔子？

碧悠勒：

不是。

卡洛琳：

小鸡？

碧悠勒：

你自己去看。

卡洛琳跑下舞台，碧悠勒和老妈慢慢上楼。

碧悠勒：

有两只小狗。你可以考虑一下要不要在纽瓦克养一只。

老妈：

我们应该可以。

舞台监督从左侧推出一张床，床脚朝向右边。

这房子真漂亮，碧悠勒。你有一个很温暖的家。

碧悠勒：

我从医院回来的时候，霍拉斯已经把所有东西都搬进来了，我没什么需要做的。

老妈：

真好。

碧悠勒坐在床上，测试弹簧。

碧悠勒：

你应该会觉得很舒服的，妈妈。

老妈：

（摘下帽子）哦，我就是睡在鞋上都没问题，鲁丽！我睡眠很好。（坐在碧悠勒身边）让我看看我的姑娘。我上次见你的时候，你都没认出我。你就一直在说："妈妈什么时候来，妈妈什么时候来？"不过医生把我赶走了。

碧悠勒：

（把头埋在妈妈的肩膀上哭泣）太难受了，妈妈。太难受了。她连几分钟都没有活下去。妈妈，这太让人难过了。

老妈：

（望着远方）上帝有最好的安排，亲爱的，上帝有最好的安排。我们不明白为什么，我们只管继续生活下去，亲爱的，做好我们自己的事。（手背一瞬间滑过自己的脸颊）好吧，今晚给这些男人做什么吃呢？

碧悠勒：

烤箱里有一只鸡。

老妈：

什么时候放进去的？

碧悠勒：

（挽留她）噢，妈妈，先别走。（拉着妈妈的手，又把她拉回到自己身边）我喜欢这样和你坐在一起。我们一想跟你亲热，你就会坐立不安，妈妈。

老妈：

（苦笑着）是啊，感觉有点傻。我就是个纽瓦克的老太婆而已。

她瞥了一眼自己的手背。

碧悠勒：

（不平地）怎么会，妈妈，你很好看！我们经常说你以前很漂亮——而且，你是我们能拥有的最好的妈妈。

老妈：

（别扭地）嗯，希望你们喜欢我。没有什么比被自己家人喜欢更重要的了。（起身）我下楼去看一下鸡。你在这儿躺会儿，闭着眼睛待几分钟。商店关门之前你把早餐的食物买好了吗？

碧悠勒：

哦，你知道的！火腿和鸡蛋。

他们都笑了起来，老妈给碧悠勒盖上一条想象中的毯子。

老妈：

说真的，我永远无法了解男人对火腿和鸡蛋的想法，我觉得它们很难吃——你什么时候把鸡放进去的？

碧悠勒：

五点。

老妈：

好的，现在，你闭上眼休息十分钟。

碧悠勒舒展开身体，闭上了眼睛。老妈一边下楼，一边心不在焉地唱着歌。

“有九十九个人安全地躺在庇护所，但远山之外还有一人，远离黄金之门……”

——剧终——

（黄七阳译）

图书在版编目（CIP）数据

漫长的圣诞晚餐：独幕剧集 /（美）桑顿 · 怀尔德著；但汉松，黄七阳译．—广州：广东人民出版社，2024.8

书名原文：THE LONG CHRISTMAS DINNER

ISBN 978-7-218-17549-2

Ⅰ．①漫…　Ⅱ．①桑…　②但…　③黄…　Ⅲ．①独幕剧—剧本—作品集—美国—现代　Ⅳ．① I712.35

中国国家版本馆 CIP 数据核字（2024）第 085884 号

MANCHANG DE SHENGDAN WANCAN: DUMUJU JI
漫长的圣诞晚餐：独幕剧集
［美］桑顿 · 怀尔德 / 著　但汉松　黄七阳 / 译　

出 版 人：肖风华

责任编辑：李幼萍　刘志凌
特约编辑：刘美慧　范亚男
责任校对：李伟为
装帧设计：崔晓晋
责任技编：吴彦斌

出版发行：广东人民出版社
地　　址：广州市越秀区大沙头四马路 10 号（邮政编码：510199）
电　　话：（020）85716809（总编室）
传　　真：（020）83289585
网　　址：http://www.gdpph.com
印　　刷：广东信源文化科技有限公司
开　　本：787mm × 1092mm　1/32
印　　张：9.875　**字　　数**：153 千
版　　次：2024 年 8 月第 1 版
印　　次：2024 年 8 月第 1 次印刷
著作权合同登记号：图字 19-2024-063 号
定　　价：44.00 元

如发现印装质量问题，影响阅读，请与出版社（020-85716849）联系调换。
售书热线：020-87716172

解读怀尔德笔下的
伟大寓言
•跨越百年的传奇
通过视频和图片，开启传奇的文学之旅。
•最后的寓言家
感受桑顿·怀尔德的文字力量。
•普利策获奖作品
一起盘点普利策获奖作品。
•电子书试读
试读文学经典，收获智慧人生。
微信扫码